臧棣 著

西渡 臧棣 主编

北京大学卷

常春藤诗丛

臧棣
诗选

U0729552

陕西新华出版传媒集团

太白文艺出版社

图书在版编目（CIP）数据

臧棣诗选 / 臧棣著 . -- 西安：太白文艺出版社，2019.1

（常春藤诗丛 . 北京大学卷）

ISBN 978-7-5513-1663-7

Ⅰ. ①臧… Ⅱ. ①臧… Ⅲ. ①诗集－中国－当代 Ⅳ. ① I227

中国版本图书馆 CIP 数据核字（2019）第 024687 号

臧 棣 诗 选

ZANGDI SHIXUAN

作　者　臧棣

责任编辑　蔡晶晶

封面设计　不绿不蓝 杨西霞

版式设计　刘戈

出版发行　陕西新华出版传媒集团

　　　　　太 白 文 艺 出 版 社

经　销　新华书店

印　刷　北京彩虹伟业印刷有限公司

开　本　787 毫米 ×1092 毫米　1/32

字　数　81 千

印　张　7.375

版　次　2019 年 1 月第 1 版

印　次　2019 年 1 月第 1 次印刷

书　号　978-7-5513-1663-7

定　价　45.00 元

联系电话：029-81206800

出版社地址：西安市曲江新区登高路 1388 号（邮编：710061）

营销中心电话：029-87277748　029-87217872

一座校园的创诗纪

——《常春藤诗丛·北京大学卷》序言

　　北大是新诗的母校。1918年1月《新青年》4卷1号发表胡适、沈尹默、刘半农白话诗9首，成为新诗的发端。其时，三位作者都是北大教授。从此，北大就与新诗结下了不解之缘。2018年是新诗百年，北京大学出版社出版了洪子诚先生主编的《阳光打在地上——北大当代诗选1978—2018》，收诗人45家、诗389首；四川文艺出版社出版了臧棣、西渡主编的《北大百年新诗》，收北大诗人107家、诗344首。两本诗选的问世，让更多的读者注意到北大诗歌的深厚底蕴和巨大成就。即使不做深入的研究，单从两本诗选也不难看出北大诗歌在中国新诗史上独特而重要的存在。实际上，从初期白话诗到新月派、现代派、中国新诗派，一直到新时期，北大诗人或引领风气，或砥柱中流，几占新诗坛半壁江山。中国的重要高校都曾为诗坛输送过重要诗人，某些高校在某一阶段连续为诗坛输送重要诗人的情况也非孤例，但在长达百年的历史中一直不间断地为诗坛输送重量级的诗人，把自己的名字和新诗历史牢固地焊接在一起的情况，除了北大，还难以找到第二所。

北大的特征向来总是和青春、锐气、自由精神联系在一起。鲁迅曾谓"北大是常为新的，改进的运动的先锋"。然而，北大是"发于前清"的，它的那个前身其实是充满暮气和官气的。从京师大学堂到北大是一次脱胎换骨。这一次的换骨，蔡校长自然厥功甚伟，但在我看来，胡适诸教授创立新诗也功不可没。《北大百年新诗》，我开始是提议叫"创诗纪"的。这个名字也只有这所学校的"诗选"用得。从那以后，胡先生"创诗"的那种勇气、担当和"为新"的精神，在出于那所校园的人们中是常常可见的，也是弥漫在那个看似古老的校园中的一种空气。因为是空气，所以常常会浸润师生的身心，而影响他们的一生。

新时期以来，北大诗歌在队伍和成就上毫不输于此前的任何时期。这个时期北大诗人不仅人数远超前期，在诗歌的题材、内容、意识、技艺上也有重大变化，使新诗得到一次再造。也可以说，新诗在这所校园再次经历了一个"创诗"的过程。骆一禾、海子、西川是这一时期最早得到外界承认的北大诗人。3位诗人的创作有力地改变了新诗70年来的固有面貌，特别是骆一禾、海子的长诗写作所体现的才华、抱负、热情，均为此前所未有，他们富于音乐性的抒情方式增进了人们对现代汉语歌唱性的认识。比骆一禾、海子、西川稍晚开始写作，但同样在20世纪80年代初就写出成名之作的是臧棣。臧棣对诗歌之专注、思考之深入、创作之丰富，在当代诗坛罕有其匹。臧棣擅于以小见大，他以大诗人的才能专注于写短诗，使短诗拥有长诗的气象。戈麦是另一位才华特具的诗人，他以一种分析、浓缩、激情内蕴的抒情方式改变了当代抒情诗的面貌，成为20世纪80年代末90年代初特殊转型时期的代表诗人。这一时期，北大还涌现了清平、麦芒、哑石、西渡、雷格、杨铁军、冷霜、胡续冬、周伟驰、周瓒、雷武铃、席亚兵、王敖、马雁、姜涛、余旸、王璞、徐钺、王东东、范雪、李琬等上百位活跃诗坛的新诗作者，北大诗歌真正进入一个百花齐放的时代。从这些诗人变革新诗的努力中，不难看到胡适教授的精神隐现其中。正是因为有这种精神，新诗并未如一些不怀好意的预言家所预言的"五十年后灰飞烟灭"了，而是在变革中不断生长着，壮大着。这个时期，新诗成了北大校园最醒目的风景，诗人气质也成了北大学子身上突出的标志之一。新诗和北大的关系变得更为紧密。

无须赘述，这个时期的北大诗人与校园外的当代诗歌始终有密切的联系和互动，是整个当代诗歌不可分割的组成部分。同时，北大诗人又没有盲目跟随外界的潮流，体现了一种宝贵的独立品质。这种独立品质最重要的一个体现就是其严肃性。对于北大诗人来讲，诗从来不是一种功利的、沽名钓誉的工具。这种严肃性也使得北大诗人内部同样保持了个性和诗艺的独立。北大尽管诗人辈出，队伍庞大，却未利用这一优势拉山头、搞团伙，以在利益分配上获取额外好处。北大诗人再多，却并没有北大派。实际上，北大诗人一直是诗坛的一股清流，是维护诗坛健康、推动诗歌健康发展的耿介而朴直的一股力量。而这一品质的源头仍可以追溯到胡适初创新诗之时为新诗所确立的崇高文化使命。

本诗丛选入 20 世纪 80 年代以来 8 位北大诗人的诗选，他们是：骆一禾、海子、清平、臧棣、戈麦、西渡、周瓒、周伟驰。为了展示每个诗人的整体成就，我们特邀请诗人精选自己各个时期的代表作品，将诗人几十年创作的精华浓缩于一册。这样的编选方法，也是为了方便读者在有限的篇幅内欣赏到更多优秀的诗作。骆一禾、海子、戈麦 3 位诗人英年早逝，我们特邀请诗人陈东东担任《骆一禾诗选》的编者，西渡担任《海子诗选》《戈麦诗选》的编者。陈东东是骆一禾的生前好友，也是成就卓著的诗人、诗歌批评家，可谓编选《骆一禾诗选》的不二人选。西渡熟悉海子、戈麦的创作情况，也是编选《海子诗选》《戈麦诗选》的合适人选。

需要特别说明的是，新时期以来北大诗人众多，八人之选实在无法容纳。现在的这个名单虽然是几经权衡确定的，但并不代表其他的诗人在才华和成就上就有所逊色。实际上，一些诗人由于已有类似本诗丛编选体例的选本问世，故此次不再重复收录。另外，我们也希望日后可以为其他北大诗人提供出版机会，进一步展示新时期北大诗人、北大诗歌的实绩。

编者

2018 年 10 月

诗，和曙光同行

如果可能的话，我会尽量选择在早上写诗。那是一种很奇特的感觉。有时，身体尚未完全摆脱梦乡，但语言的触须已开始在感官的王国里颤动。挣扎站在睡眠一边，它试图把身体重新带回梦的分析。另一边，黎明的晦暗中，苏醒触发的意志也不甘示弱，它与窗外传来的动静汇合在一起。破晓的曙光开始像天光之标枪，向寂静的房间里频繁试探生的迹象；而更有一种生命之光，纯然来自身体的内部，沿着涌动的血液，不可遏制地将一个人从惺忪状态召唤到雀鸟的鸣唱中。我觉得我的身体天生就喜欢拘夹在来自外部的自然之光和来自身体内部的唤醒之间。看不见绳子，但生命的拔河已在无形的角力中展开。或者说，这既是一种感官的过程，从酣睡过渡到苏醒；也是一种机体的状态，生命的种种情绪都浓缩在身体的感受中，甚至有可能包括五分钟的赖床引发的某种微妙的懊悔；不仅如此，这更意味着一种共鸣的时刻。随着曙光的弥漫，源于身体的睡眠的苏醒开始了属于它自身的一种警醒的节奏。

在接下来的直线运动里，我会直奔盥洗室，手掬一泓清水，让面颊猛烈浸透在清冽的洗礼中。有点小小的仪式感，对容易卷入生活惯性的懈怠的日常动作，未必不是一件从小处做起随时保持自我意识的好事。至少那清洗的动作本身，肯定会在我的语言风格中留下痕迹的。来自清晨时刻的冷水的刺激，手指的记忆更原始。随后，握笔的指法看似很随意，习惯性已起着支配作用；但身为诗人，你比谁都清楚，假如词语是石头，那么风格的水痕肯定会在石头的表面留下倔强的青光的。这样的光，又会不断衍生新的提示，让热爱早起写诗的人葆有更微妙的生命的自省。如此说来，诗的智性与其说是风格的意识的一种精神的延伸，莫若说更多地源于一种感觉的偏好。

我的开始是我的结束。对清晨的曙光而言，诗的开始未必不是旧的世界的结束。无论我们唱出的经验之歌已多么老练，左右都可逢源，但正如布莱克的信念显示的，天真之歌都不会因此而遭受丝毫的减损。我喜欢这样的感觉，广大的黑暗构成了一种独特的酝酿，这种酝酿会传递到诗人的生命中。而真正的诗，就处于这酝酿的尽头。同时，诗又是一种强大的开始。诗在它自己的开端中终结了黑暗的戏剧。某种程度上，在早晨写诗，意味着一种独特的幻象始终渗透着你的写作。你仿佛获得一种神奇的能力，随着词语的排列越来越具有震惊效果，你的写作也将人生的阴霾天真地终结在渐渐消隐的黑暗中。对黑暗的驱离，也是语言在我们身上获得新的灵性的开始。对诗的写作而言，真正的清醒一定包含着对早晨的动静的吸纳。诗的清醒必然包含着对自然的深切的体察。它不可能仅仅是观念的产物。这样的清醒，也意味着一种特殊的冷静，对自身的生命处境的自我体会。

在早晨写诗，通常还意味着特殊的眼光。一方面，你的目光会朝向随着太阳的升起越来越清晰地呈现在大地之上的事物；另一方面，随黑暗一起消失的事物，也需要一个交代。诗究竟能从这样的消失中学到什么东西呢？声称什么都学不到，几乎是不可能的。至少，作为诗人，你可以重复一下那古老的安慰：太阳照样会升起来。也许，这不仅仅是安慰，还是一种充满愉悦的自我激励。在早上写东西，总会有奇妙的力量促使你去触及清新的东西。我特别感恩存在于黎明时分的强大的遗忘功能。很多东西都已成为昨天的遗迹，很多东西都已想不起来，诗专注于新的感受。通过语言的挖掘，你开始有了从新的角度去认识事物的其他面目的可能。对诗而言，清晨的唤醒能力里，最珍贵的时刻就是我们仿佛可以从世界的肯定开始，进入新的生命轮回。或许，作为一种兴趣，我们不妨这样设想：没有轮回，诗的可能会大打折扣。

臧棣

2018 年 12 月　杭州

目录

辑二

辑三

辑一

泥狮子协会

泥捏的，全都很矮小，全都昂扬的彻头
彻尾，所以会有粗犷的表情
向孩子们虚构你正在到来。
全都很逼真，就好像它们真的没吃过人。
全都经得起反复观摩，全都像是在非洲有很硬的后台。
全都不愿提及过河的事情。意思就是，
不能用泥捏的，全都像是替身们已变得太狡猾。

2002 年 7 月

3

穿心莲协会

诗是平凡生活中的神秘力量。

——加西亚·马尔克斯

去年种下的，没熬过冬天。
它们死的时候，我甚至不能确定
我们在哪儿？它们是被冻死的，
它们的死里，有一种说不出的轻微。
而狗的见证，也仅仅限于
狗已不再凑过去嗅它们。
为它们举行葬礼的，仿佛只是
凋萎的落叶和干硬的鸟屎。
也许旁边还陈列着蟋蟀的假木乃伊。
我仿佛收到过警告，但它轻得
像从喜鹊嘴里，掉下的树枝。
而你能推测的只是，如果这些树枝

没从喜鹊嘴里掉落，会被用来
筑起一个醒目的越冬鸟巢。
此刻，我能想到的是，假如它们
熬过了冬天，它们现在便会晃动
它们众多的名字：从印度草到苦胆草，
从一见喜到金耳钩，像试探
你的秘密一样，试探你
究竟喜欢哪一个。而它们最喜欢做的，
仿佛是绕开这些不同的别名，
用同样的苦，笔直地穿透你的心。

2014 年 4 月 18 日

蛇瓜协会

它身上有两件东西
牵扯到顾名思义。第一件
和形状有关。你很容易猜到。
第二件，除了我，没人能猜到。

它的左边是苦瓜苗。每天的浇水量相同，
但它的长势像张开的蝙蝠翅膀，
而苦瓜苗则像安静的灯绳。
它的饥饿掩盖着它的疯狂，

它的呼吁像一盏只能照亮蜂蜜的灯。
脆弱，是它使用过的语言中，
你唯一能听懂的词。就凭这唯一的交流，
它把它的生与死分别交到你手上。

两米内，你必须对它的生负责。

这样，冬天来临前，它会是盛夏的别针，

将忠实的绿荫别在热浪中；

但一米内，你必须对它的死负责。

不同于朋友，它近乎一个美妙的伴侣，

但你别指望它会以同样的方式

对待你。不。它没有别的选择，

半米之内，你就是它的上帝。

远去或抵近，它能随时感觉到你的脚步。

它甚至能嗅出你手里有没有小水壶。

如果你偷懒，你的脑袋里

就会浮现出一条蛇。

2014 年 4 月 29 日

马蹄螺协会

在海岛最南端，兜售海魂衫的人
也兜售各种贝壳。懒洋洋的小买卖，
偏颇的生计，就仿佛你不买
你很快就会后悔似的。对生活在内陆的人来说，
它们是容易混淆的纪念品。
你得费点神，它们才会从宇宙的祭品
演化到带有私人性质的贡品。
有趣的是，它们的美丽
进化得很成功，麻木于以貌取人。
每一种价格，只有经过几番砍杀
才会稍显真实。这时，你省下买冰激凌的钱
就能有份不小的斩获。我把它拿在手上时，
并不知道它叫什么。看上去，
塑造它的力量很熟悉理想的塔
尺寸缩小后，在海底会变成什么模样。

圆锥形配上豹纹，大海中只有南海

能让它想起什么：不同的深度中

再大的压力也可被巧妙地适应。

这样的启示还不够？还不足以化解

你心中的谁主沉浮？当得知它叫马蹄螺时，

我忽然觉得我比以前退步了。

但这还不够。我想，我还应该比我们退步得再快一点。

直接从沙滩退向海浪，退向更远的蔚蓝。

对啦。你刚才说，这马蹄螺

是从哪里捕上来的？没听清。

请再说一遍。海马滩，在西沙的南边。

绝对是真货。我们家的船常去那里。

2003 年 8 月

9

黄雀协会

它的游戏就像我们参观过的笼子
一会儿大，一会儿小。
变大的笼子就好像宇宙比缥缈肤浅
变小的笼子，就好像有一种沉默
只能由我们的替身来打破。

接着进入道具的梦，一半的现实
就可以成全精彩的弱肉。
排在游戏最前头的黑点，逐渐清晰成
美丽的蝉。每逢初夏，当垂直的蛹渐渐膨胀，
蝉，为我们上演解脱的全部过程。

但庄子的意思是，假如你从未被美丽的阴影诱惑过，
那么，你比蝉要幸运。你的嚣张
进步成你的放荡，你的无辜比螳螂更色情。

从环节上看，你的贡献比即将扑向你的黄雀要大。

黄雀没有看错你，正如你并不想错怪蝉。

2012 年 7 月

骆驼草协会

你像我，就像神似
毫不顾忌带刺的耳语。
沙漠像你的封条，
撕开之后，它也是诗歌的封条。

你像我，就好像表面看去
你和我毫无共同之处。
我的影子甚至都比你高。要么就是你低于
我还有个我没有被认出。

你像我，就像我们的沙漠里
有宇宙浩瀚的走神。
只有走神，你才会先于我
认出我身上的骆驼。

一匹诗歌的骆驼正走向一个假球。

只有走神，你身上的那些针刺

才会刺到神秘的疼痛。

就让那些偏僻的甜，为我们决定一次胜负吧。

2003 年 8 月

热带的忧郁协会

盘山道上，万物假寐着
热带的静物。小叶榕掩映
三角梅。你听不懂鸟叫
但它们却很好听。一个原则
就这样出笼了。或许还有
更好的借口，但是诗
并不打算混迹于更自然。
假如身上没带这么多
可用来交换的东西，我的快乐
就会沦为一个人生的折扣。
任何时候，向万物敞开
都会比向静物敞开更容易迷惑
我们的道德。所以我
从不轻薄可用来交换的东西
就是可用来循环的东西。

再严格一点，我身上埋伏着
北方的记忆，北方的情绪
和北方的分寸。但我尊重你，
假如在经历了这么多海岛的风雨后，
最深的眼泪依然是你的绷带。

2014 年 1 月 9 日

海螺协会

我们有相似的一面，
很容易因某个边缘而变成
世界的礼物。海浪的开幕词里
回荡着海鸥的小嘀咕，
但你忙于在水下巩固
一个美丽的外表，根本就没时间
参与我们的迷惑。特异的形状，
完美的构造，以及种类
是否丰富，从来就难不倒你。
因外表而过硬，你是你的大师——
就好像这是对我们如何使用语言的
一种考验。除此之外，我放松得像沙子，
因为我无须像面对别的事物那样
巧妙地面对你。但你的故事
比放松更吸引人。在我之前，

死已打开过你；在死之后，
空虚打开过你；在空虚之后，
按海底的逻辑，螃蟹打开过你。
在螃蟹之后，时光和影子
又联手多次打开过你。
我似乎来晚了，只好按顺序
挑战伟大的迟到。此刻在我面前，
你的空壳不啻是迷宫的缩影。
五秒钟后，我也会将你打开；
我甚至可能是最后打开你的人。
但你打开我的方式更特别——
就好像我从未想到我其实也可以是
一个抽屉，将你的美丽
彻底封存在黑暗的悬念中。

                                        ——赠张伟栋

                                        2014 年 1 月 8 日

17

完美的倾向协会

没骑过驴的人不会知道

云如何让金子变薄。

比金子还薄的，不是金风吗？

送爽送到夜的八月边界，

那里，蛐蛐正在给你的心灯赶织无边的灯罩。

你不会猜中压扁草丛的

是候鸟的蛋，还是一块潜伏的石头。

只有宁静才能恢复自我，

所以，你想让金风帮你吹出什么呢？

2001 年 8 月

一滴雨水就能击穿那金黄的靶心协会

你走向沙漠。在你之前，

很多人都去过沙漠。一壶水喝完之后，

一颗心已战胜了借口。

但必须承认，在沙漠面前，

有些借口确实是美丽的。

比如，一滴雨水就能击穿那金黄的靶心。

但吸引你的，毕竟不是沙漠的靶心

比那金黄的靶心颜色更亮。

一次旅行就是一次按摩，从局部开始，

纯洁才会有起色。比如你这样回顾：

十六岁之前，我并未见过沙漠。

但你想象过一种结局：时间的刑具

浩瀚到金黄不再有其他的余地。

或者，准确地说，三十五岁之前，

我并未见过真正的沙漠。

所以，你并不害怕我和沙漠之间的偏见。

你这样示范你的戏剧：

你走向沙漠，浩瀚站在沙漠一边，

渺小像一个无疑，属于你。

一旦走进沙漠，你发现

渺小不过是渺小的骗局。

所以，你并不理解我的恐惧。

我的恐惧是沙漠已无法阻止人类的愚蠢。

2001 年 8 月

视觉锤协会

人生的秋千，一不留神

便是语言的钟摆。吊起来的

东西，比如绳索或靶子，

最终全都变成了骨头的歌唱。

看风景的门道，最后也全都变成了

你知道怎么播放风景吗？

从呻吟到呐喊，《变形记》碾磨我们

就好像我们的无辜，是魔鬼

用过的手帕。从左到右，

一不留神就是，从床上到更自然。

从上到下，憋一口气

再重复，就是从政治到生命。

索尔·贝娄^① 确实描绘过晃来晃去，

① 索尔·贝娄（Saul Bellow, 1915—2005），《晃来晃去的人》为其发表
的第一部长篇小说。

但总体看来，从压抑到释放，

我们遇到的每个缝隙

都比以前更狭窄了。譬如，

苍蝇眼里始终有一个好闻的女人。

再小的麻雀身上，也有一个飞远了的男人。

2014 年 4 月 15 日

下扬州协会

堤岸上，桃红配合柳绿

向我们讨教明媚如何才能

犀利于反腐。天知道

搔痒天注定，而拱桥的两边，

春光出卖春光的走神，连喜鹊都知道

哲学在本地有一个古老的洞穴

通向右派的宋朝。别看燕子瘦小，

却是比我们更合格的看客。

它们掠过二十四桥时，像是在兜售

影子的冲动：有何秘密可言！

一旦惊心，我们才像是

从北京经伦敦没有白来一趟。

四月是仁慈的，丁香的叶瓣上

只有露水；看着，看着，仿佛看见

海棠一直在为我们憋着一口气。

游船码头附近，当连绵的岁月

碎裂成琼花的鳞甲，白云的风筝

紧绷着雨的牙齿。烟花陌生如绷带，

有何不可？那么多缝隙中

总会有一个最好的。当我们交换礼物，

我们其实没别的意思，仅仅是

为了减轻某种重量。

2014 年 4 月 8 日

第二故乡协会

道旁，寂静的屋子
像一排白杨树后挖坑挖出来的土——
堆得高点的，窗户比帽子有礼貌。
一只狗的吠叫引来了
七种现实感。

几个我，像是突然学会了
在树枝上保持平衡，
安静地吃着橙黄的果子。
阴影突出了倾听。
蝴蝶的乐谱摊开在宽大的蚕叶上。

你被安排在远方，
看不到这一幕。
老练的天真让你赢得又失去

真正的礼物。但很可能，
悲哀只是一出心灵的喜剧。

和我们不太一样，异乡的阴影
终会检验出你有没有品味。
在本该感到陌生的地方
我却感觉不到任何一点生疏。
这是我的秘密。你的呢？

或者对于你：没有秘密，只有境界。
感谢沙子在这里造就了
辽阔的陌生。
沙子也能授粉——
意思是你即便从未骑过马，
也可以走近一匹骆驼

2004 年 8 月

自我塑造协会

从满地的碎玻璃上
我捡起你的头发。
我想象我是一个拾穗者——
弯腰时，像一匹在河边饮水的牦牛；
直起身子时，像爬上沙垄
放哨的旱獭。尽责如积极于沉默，
尽力如同神秘于感恩：
每一阵汗，都会从我身上挤出
一些已经生锈的小螺丝。
而轻抚着搜集来的
你用过的绳子时，我不否认
我曾用麦穗给黄昏编辫子。
我从不缺少带翅膀的同伴。
一群候鸟之后，是一只喜鹊，
我注意到它飞走时，

嘴上叼着的枯枝像

脆弱的记忆中的一小截脆骨。

2001 年 7 月

新生协会

一桩孤零零的小买卖
为我们的城市生活添置了
这两只长尾鹦鹉，亦雌亦雄 ——
喜欢待在吊竿左边的这个
比右边的那个看上去更熟悉达尔文。
要想摸清它们的习性，还真不那么简单，
我们还需要付出另一份爱。

想想看，在我付款之前，
它们彼此还是陌生的。转眼之间，
它们就开始用那带着小弯钩的嘴
互相问候对方的身体。
做这件事情时，它们一个比一个嘴硬，
一次比一次自然，完全不考虑
我是否仍在现场。

它们分别是我的朋友和教训。

假如我偏爱其中的一只，另一只

马上会把目光投向悬空挂着的笼子，

就好像它知道，那笼子是生日那天

我收到的一个意味深长的礼物。

也许，有一天，我学会习惯

在它们眼中我也是一只鹦鹉。

2001 年 5 月

捉刀人协会

收到来信，我才知道
我还有过这样一副面貌——
它滞留在蛇的肚子里已有多年。

你仍很热情，但已爱上了巧妙地抱怨：
"现在，又有一只野兔挤进来，
压着我做梦的头颅。"

你不是野兔，不是蜥蜴，
不是被吞下去会立刻消失的
我们所熟知的那些小动物。

其实用沙子就能清理出你的面目。
关于我目前的状况，你问得很客气，
就好像山坡上有一个洞挖通了我们之间的小逻辑。

你试探我，如同一只盘旋的鹰

误解了你的饥饿，你最想知道的是 ——

梦如果从肚子里流出来，世界会不会原谅我。

1999 年 8 月

猫头鹰协会

每个走过捷径的人

都不会忘记猫头鹰。稠密的褐色，

非常柔软非常你总有一天

会像它们一样精确于捕捉

语言的动物。它们的习性

对你我如何展示词语的魔力

是一种考验。神秘地，你说，

你必须得过猫头鹰这一关。

它们的蛋，据称煮过之后，

可让你看到天使身上的魔鬼。

但是，你说，你不是我的例外，

我也不是你的例外；

我记得你说这话的时候，

细雨的小刷子正在我头上清理着银杏叶。

2001 年 5 月

33

雪球协会

在静物的范围内，它算得上是
一个模范：和我们一起
来到巅峰，却没有替身；
已经比苹果还浑圆了，且足够硬，
却没有绯闻。它顺从我们的制作，
顺从得几乎毫无悬念——
从揉捏到拍打，它默默承受，
沿每个角度体会，并巩固我们施加
在它身上的冰冷的外力。
它小小的消极伟大得
如同一个假象。
如此，静物是它
封闭的童年，但它很快
就会滚向它的青春，并反衬
我们是还需补办身份证的巨人。

从小变化到大，它用迅速的膨胀
取代了渐渐成长；但它的性急中
我们要付多半责任。它性急如
我们渴望尽早看到一个游戏的结果。

2014 年 2 月 12 日

热浪协会

比起木偶，玩偶们有更多的软，

更多的线条，供生活起伏；

或只是把肤浅的借口移向炎酷的天气。

确实很热。假如我彻底敞开，

我的心会凸露如同一座岛礁。假如让我说心里话，

我想说，其实我们每个人都是空气的囚徒。

我捏空气时，发现你正向我飞来。

我想告诉你：我已不在此地。

我不可能再像过去那样依赖我的形象——

无论是外表的，还是内在的。

假如我确实想降降温，我会直接从一团乌云中

掏出我的新器官：月亮。

2005 年 7 月

飞蛾协会

月光为夏天秘密地筑起
不为人知的信仰之塔。
可怕的，挑衅的，但也可能是美丽的，
它选择用眼睛来信仰。确切地说，用复眼来信仰。

垂直的花蜜，是它唯一的食谱。
它的嘴进化成吸管，锋利到据说可刺破果实，
但取食的习性并未因此而改变；
它对趋光性的忠诚像是对母爱的一种回报。

经由黑夜介绍，它扮演了太多的角色：
美丽的女人从它的扑火戏中
认出了命运的乖舛；睿智的人则固执地反思
那火焰未必就不值得感谢。

假如愚蠢是我们自身造成的，那么
冷酷就没有定义。同样是作为完全变态昆虫，
它不同于蝴蝶。灵活于身体的转动，
它擅长在黑暗中对付迷失的方向。

但是方向就那么重要吗？
有没有更准确的骄傲呢？
于是守灵人注意到，尽管体形幼小，
但哪怕距离再远，它也能准时飞到。

交配时，它用气味之歌打败
一切和我们有关的神话。尖锐于气味，
未必就不正确。授粉时，它对信使的影子说：
猜猜看，谁才是真正的大师。

激素的小颂歌，它确实认为自己
演过悲剧的一幕，但它更确信的是
我们误解了悲剧的意义。它假设它错过的是传奇，
所以，决意用宇宙的缩影来开导死亡。

2005 年 8 月

牵牛花协会

对天使讲的话，魔鬼已提前听懂。

但你却怎么也听不懂

魔鬼已提前听懂的意思。

不是有牛吗？没错，魔鬼借斧子去了。

据说，它的花神呼应的是

每个人身上都有一只小喇叭。

嘀嘀嗒。嘀嘀嗒。铃儿响叮当。

没错，要听到那声音，你得对传神保持特殊的兴趣。

意思就是，坚韧在自由的谦逊中，

但散漫起来却很深奥。

对牛弹过的琴，将会有新的用途——

它会被肢解，价值倾斜到架子，

然后组合成黎明的一排新邻居——

它们会在太阳下一直展示篱笆的耐心。

因为有最完美的疏密，所以，

它们不在乎你会选择绳子

还是线索。绳子在爱情中有大用处，

别看它很细，别看它长短不齐，

它的柔软却能帮天使去掉他身上的肥。

2005 年 4 月

梧桐协会

非梧桐不止，人从鸟那里

继承了这样的偏见，且一直将它扩大到

内心的王国。没认出来时，

无人知道你经历的是

怎样的煎熬。图腾扎根诗经，

果然湿得有点意思。果然风雅比风厉害。

但凡好事，光有静物还不行；

光有圣美的躯干还不足以委婉

心形叶的心潮，还必须动静配合到心跳

或心痛。春夏之交，

它用它宽大的叶子吸引

你的目光，以便分散你的注意力，

好不去关注它身上的线索粗得

像笼子里的绳子。下雨时，

万古愁逆反历史竟然不如

它的意境更深远。每一滴雨都很关键，
因为每一滴雨在敲打树叶的同时
也在敲打翅膀上的乐器。
高昂的悱恻，所以，它支持用扭转缠绵史
来取得新的微妙的平衡——
只要飞着，借口就足够美。
它甚至想在必要时牺牲一下它的形象，
因为猛烈的爱巢才不在乎你身上有没有翅膀，
它在意的是你如何区分凤凰树和法国梧桐。

2002 年 6 月—2004 年 8 月

爱尔兰歌迷协会

舞台很小，小到拥挤
反而已不是问题。小到仿佛只有你
能唱出那感觉，并允许我们分享
那天赐的时刻。时间深处的一盏灯，
这是歌的另一种用途。
时间被改变了，这意味着
你或许会渺茫地意识到
你曾是我的呼吸，但直到现在
才有机会替宇宙出气。
每一次，都不少于一小时。
偶尔，我会羞愧于我竟然抱怨
道德已不够紧张。紧，缠绕我们的
某个形象时，它是最活泼的前兆，
深奥于你几乎认不出我。
所以从你的角度看，舞台很大，

你不会意识到我的存在。

你来自爱尔兰，小镇的芳名

叫 Kilcloon，而我刚刚给喜鹊买了

一份咖啡。它偷吃了

我的樱桃，所以，我觉得喝点咖啡

会让它变得清醒些。一个星期以来，

我每天都会走到新植的果树下

数这五颗樱桃。无知的樱桃，

别小瞧它们数量有限，

它们能让小小的礼物生辉到异常饱满。

我的小小的礼物，表面上是

用词语的逻辑取代梦的逻辑。

这或许是受你启发。

从始至终，你只有最美的东西

可以留给我们，就好像

我们永远只是最美的陌生人。

天生的歌手，你无意中冷落了我们的奇迹

就仿佛在被改变的时光中，

我们的奇迹只配和夜莺赌气。

但你是对的，你把世界又向前推进了一步，

现在，只有盛满水果的摇篮
才能让看不见的钟摆停下来。

2007 年 6 月

重见天日协会

最深处的东西，它确实

和从东到西有关。我以为一件乐器

能帮我们固定住它，你同意但是你不喜欢

这样的帮助。你喜欢

会移动的典故。比如，升起时，它是圆的，

但不保证落下去的时候，

它也是圆的。所以，在我们这里，

从东边到西边，大多数时候，

是从右到左。讲对应，身体顽固于肉体，

你越特殊，你中有我就越顽固。

但是，我觉得有一天，我们都会受益于

微妙的顽固。因为最深处的东西

始终对应着你我的灵感。

你的灵感顽固于你比我更微妙，

所以，好的身体一定是一个好例子。

我不和你讨论我们的灵感

是否出于神授：这主要是基于

蚂蚁的灵感很黑，它正爬上

我的手臂；天鹅的灵感很白，但它可以局部在

你的影子里。很明显，我的灵感受雇于

一首诗的最忠实的观众，有可能是

陌生的死者。有一天，你会陌生于你的。

所以，看，讲究的是新生。

2003 年 9 月

喜剧演员协会

我带着我的猴子散步，
但每一次，我都不得不听任它
选择它想走的路。很奇怪，
它喜欢向西延伸的路——
它身体里像是装有一个探测
香蕉和水蜜桃的定位系统。

我几乎总是跟在它的身后。
它对我们的世界还很不习惯。
它经常会把我当成树干搂得紧紧的。
它很容易受惊，它的两只眼睛
频繁地眨动，像滚落在地上的水银珠。

我当然是它的主人，这一点
几乎不用证明。而一旦走出屋门，

我很快就会感到一丝难堪 ——

很多时候，我更像是它的跟班。

在散步途中，但凡有一点自然的迹象，

它就会挣脱我，像一团撒出去的灰。

我并不嫉妒它比我更善于

和自然打交道。它很敏感，就仿佛

我和你的生活确实与它有关。

它会做很多可笑的事。有一次，它竟然

把我给你写的信翻出来，放在炖锅里。

那似乎是它表达感情的

一种方式。给它取名字，颇费了我一番工夫。

它看不上以往那些为猴子准备的名字。

它就像一个公诉人似的盯着我，直到最后

我给他起名叫天鹅，他才回应我。所以，

也不妨说，每天，我是带着我的天鹅在散步。

2005 年 8 月

如何让阅读避免麻木协会

湖上只游荡着

两只鸭子。潜水时，它们姿势很好看。

每隔半分钟，它们便会把它们身上的灰绿色的楔子

往水面钉一钉。它们也许就是绿头鸭。

第二天，又有五只鸭子

加入进来，像个天然而可爱的小圈子，

它们的队伍在渐渐扩大。

它们的名声就像电视新闻播告说

明天的天气会很不错。

第六天，我已无法分清最先勘测这小湖的

是哪两只鸭子。它们混杂在同类中，

就像一个隐士在热闹的餐桌上用过的两只碗。

是的，早在它们光顾这片水域之前，

我就说过：这小湖是我总有一天

会起用的绿色餐桌。我不介意

它们有点躲着我。它们喜欢巡游在

小湖的中央，似乎那里比较安全。

它们有意离堤岸远一点，

尽管在那里，它们吃不到

我丢给它们的面包。我几乎能体会到

几条小鱼游近那些扑动的脚蹼

会有什么样的感觉。因为我曾潜到水底，

伸出的手指，如摇摆的小白鲢，

采集给你带来灵感的珍珠蚌。

2005 年 7 月

苦肉计协会

他打开手提箱，从里面
取出一副镣铐。看得出，他很擅长
从封闭而狭小的空间里取东西。
但这镣铐，又绝非仅仅是东西。

看得出，倘若换了别人，这镣铐被取出时
一定会发出丁零当啷的声响。
而在他手上，它犹如一条蟒蛇无声地摸索着
我们身边的空气里的洞穴。

他蹲下身子，用油布轻轻抹了一把镣铐，
然后，将它们戴在他的脚踝上。
他将免费为我们表演戴着镣铐的舞蹈。
他已经在踢腿，旋转，腾跃……

开始时，我们关注的是他的身体 ——
特别那两只脚，它们是否会被磨破？
他的肢体是否真的不会受到丝毫束缚？
随着演出的深入，我们的注意力

渐渐集中在哗哗颤响的镣铐上。
我多少会感到惭愧：因为
在偶然看到他的表演之前，我也曾胡扯过
有一件事情很像戴着镣铐跳舞。

2005 年 6 月

53

邂逅协会

几株雪松错落着时光的门廊，
紫燕飞上飞下，给命运调音 ——
它们迷乱的影子
就像被锉子锉下的碎屑。

不必担心没有人知道
如何回收和加工这些碎屑。
等待着被植入另一次苏醒时，
诗，生动如同一个器官。

自我，更具体，像膨胀的胃。
而一旦抬头，像是很偶然，可以看到
太阳正脱下它的橙色泳裤
搭在银杏树的树梢上。

树荫下，半篮子白杏正吸收着噪音。
紧贴着灰砖墙，又一排珍珠梅
打开了它们的百叶窗。
记住！你看到的湖，就是我的抽屉。

你想试试吗？你是否知道自己
已爱上极端的辨认？挂在水塔上的
彤云的条幅仅供替身们参考。
记住！没有秘密，我们凭什么说到爱。

2005 年 6 月

理想读者协会

我收藏的石头阅读我
但我并不知情。我只知道，
经过认可之后，这些石头
被我从各地带回北京后，
已不再单纯是大自然的杰作。
它们开始带有我的烙印，
它们越来越像是我个人的作品——
它们是我眼中孤寂的甲虫，
它们是语言的秘密的图腾，
它们的意思不便随便吐露，
它们身上的象征色彩
令整个高原感到赤裸。
我也是在赤裸的时候，
感受到它们的目光的。
它们的目光不仔细分辨

很容易被当成淡淡的反光。

它们的目光表面上有点单调，

但是很直接，很怪异。

它们读我，似乎并不是由于

我是一件可供它们消磨时间的作品，

而是因为它们喜欢阅读本身。

2005 年 2 月

出头鸟协会

世事像一片稀疏的竹林 ——
大部分竹叶已经聋掉，不过，也有几片
竟然像野猫打过的领带。

旁边，一株槐树正在播放影子的哭泣。
离地三尺处，它的树干
被涂上了砍伐的标记。

假如再找不到其他的屏障，
这片竹林也还算不错的选择 ——
我愿意为你穿越它们。

你现在只露出很少的一小块，
你就像凸挺的塔尖。而半个月前，
你还是在拖网中挣扎着的带刺的信使。

2005 年 5 月

信其有协会

暗夜围绕着花海，

我坐在梳子上休息。

顺便闻闻什么叫清香。

梳子很大，但也不是不可想象，

它刚刚梳理过命运。

它的木齿上沾着无法辨认的

黏糊糊的汁液。它触摸过的东西

绝对不可和傻瓜交流。

为妖媚一辩，一只<u>鲨鱼</u>

游过我的脑海。我捕捉着

那些仍然可以被叫作爱的活动——

多么轻巧，它们就像在树木间

展开的鸟翅。我正租用的

隔音设备效果还不错。

我能听见一只耗子的自我警告，

它说附近有条瘸了腿的狗。

2005 年 4 月

自我表现协会

我喜欢诗中的散文 ——
它就像一群蝴蝶吸在大象的身上，
大象刚刚走出灌木。

移动的大象表情放松，
如同一队正在非洲度假的哑剧演员。
它们脚下的湿地像一张老照片。

而头脑僵硬的家伙们总也不能适应
大象背上的蝴蝶。
他们叫嚷，蝴蝶应该待在泉水旁。

我喜欢诗中的散文胜于
诗中的诗。相信我，因为我
既不是大象，也不是蝴蝶。

2005 年 1 月

61

如何有条件地把握真实协会

我们称之为雪的小东西
狗会叫它什么？
狗如何鉴别雪的颜色？
我的意思是说我们在黑暗中
什么也看不见，而狗
却能看清周围的环境，
甚至是隐藏着的东西。
狗在黑暗中比我们看得更远，
不过还好，这不涉及
它有我们没有的本能。
狗喜欢冲着在黑暗中
移动的物影狂叫，
但从不会对飘动的雪
发出半点声响。
狗的警觉能适应各种情况，

而有一种就像早晨的雪一样安静。

我溜我朋友的狗时，

发现它喜欢留在雪地上的脚印，

它把它的尿撒向脚印 ——

它看我往快要和好的面粉

掺水时，也是这表情。

2005 年 2 月

63

假如事情真的无法诉诸语言协会

粉红的铃兰教我学会

如何迎接孤独。每个人都害怕孤独，

但是铃兰们有不同的想法。

这些野生的小花不声不响地

淹没着它们周围的冻土。

它们看上去就像退潮后

留下的海藻。一片挨着一片，

用我们看不见的旋涡

布置好彼此之间完美的空隙。

它们还曾把黑亮的种子

藏在北极熊厚厚的皮毛间。

它们做过的梦

令天空变得更蓝。它们的面纱

铺在兔子洞的洞口附近。

小蜜蜂的暗号不好使，

它们就微微晃动腰肢

为我们重新洗牌。

大鬼小鬼总爱粘在一起，

早就该好好洗洗了。

它们读起来就像是写给孤独的

一封长信。它们的纽扣

散落在地上，让周围的风物朴素到

结局可有可无。我的喜剧是

没有人比我更擅长孤独。

没有一种孤独比得上

一把盛开的铃兰做成的晚餐。

2005 年 3 月

沸腾协会

彼此推搡着，磕磕绊绊，
这些白色小圆球滚向
我的生活，就仿佛它们知道
在夏季那片低地曾被用于泄洪。
我的生活中一直有洪水，
只有到冬天，大量的冰
才有可能冻住它们的奔泻，
冻坏它们的象征机器。
现在，正是在结冰的坡地上，
这些小家伙滚成了小浑球儿，
每个捏上去都又软又硬，
一点也不像文文静静的元宵。
霎时间，它们已经填满了
我生活中的所有角落。
有些角落甚至早已因真实而荒废。

而它们却浑然不觉，它们滚到哪里，
哪里就会有冰水被加热。
越堆越多，它们让我的生活看上去
像个被临时借用的秘密仓库。
它们因单纯的沸腾而饱满，
又因过分圆滑而被罚在出锅后
只能用鼓胀的白胸脯来对付我们。
加热它们时，我实际上
也在给我的诗生活加热。
又一片记忆的空白，但我不会忘记
它们的铭文是用好糯米和成的，
上写着："成熟源于沸水。"

2005 年 2 月

67

辑二

你所能想到的全部理由都是对的丛书

没养过猫，算一个。

没养过狗，算一个。

如果你坚持，没养过蚂蚁，算一个。

如果你偏执，没养过鲸鱼，算一个。

但是，多么残酷，我们凭什么要求你

凭什么要求我们应该比世界

更信任你，只能算半个。

全部的理由。微妙的对错。

所以，我们的解释不仅是我们的

失败，也是我们的耻辱。

好吧。诗写得好不好，算一个。

此外，我们没见过世界的主人，算一个。
没办法判断身边的魔鬼，算一个。

2013 年 6 月 18 日

芹菜的琴丛书

我用芹菜做了

一把琴，它也许是世界上

最瘦的琴。看上去同样很新鲜。

碧绿的琴弦，镇静如

你遇到了宇宙中最难的事情

但并不缺少线索。

弹奏它时，我确信

你有一双手，不仅我没见过，

死神也没见过。

2013 年 2 月 27 日

73

世界睡眠日丛书

你登不上那座山峰，
说明你的睡眠中还缺少一把冰镐。
你没能采到那颗珍珠，
说明你的睡眠中缺少波浪。

如果你再多睡一小时，
你就会睡到我。但是，请记住：
和深浅无关，我这样交代问题，
我始终在睡眠的反面。

你现在还看不见我，但事情
也可能简单得像你现在还看不见蜻蜓
或萤火虫：它们还在睡眠，
它们的睡眠从未出过错。

它们的睡眠时间很严格，让世界看上去像

一座早春的池塘。靠什么保证质量呢？

如果我说此时，它们的睡眠像一份火星的礼物，

已在朝我们急速飞来的半途中。

2013 年 3 月 22 日

世界诗人日丛书

同样的话，在菊花面前说

和在牡丹面前说，

意思会大不一样。更何况现实之花

常常遥远如我们从尘土中来

但却不必归于尘土。

拆掉回音壁一看，

原来耳朵是我们的纪念碑，

但耳朵什么时候可靠过？

怎么看，心，都是最美的坟墓，

但你什么时候见过一个美人

曾死于心。菊花在生长，

心，从里面看着。

心，安静得好像有只蝴蝶

正停歇在篱笆上。

我承认，我是一个有罪的见证人——

因为除了陶渊明的菊花，

我确实没见过别的菊花。

2013 年 3 月 21 日

江油 [1] 归来丛书

过关在青莲，绿野

已面目全非。但小意思

随便碧绿一下，仍能过滤掉

人生的荒诞。蝉鸣撞击

心灵的底线。无论怎么寻找，

你和我都可能是李白——

这诉讼，甚至随时准备

激进于语言之血。没找到，

历史才会讲究阴影。

事实上，我喜欢在历史的阴影中写东西。

毕竟，青草之中，迷失

已称出一种新的陌生：

———————————

[1] 江油，地处四川盆地西北部。李白的故乡。

看上去，重量的差别如此不同，

但斧子却睡得比蜻蜓更轻盈。

2014 年 7 月 29 日

高原反应丛书

一路上，山谷开阔，

像葱绿的磨盘一样碾磨着

高原的景色：山脊的棱角比想象的要柔和，

它们像不像史前动物的背影

已不那么重要了。奔腾的河水

像是在不停地试穿哗哗作响的靴子。

当着你的面，蓝色天空毫不避讳地编着

永生的小辫子。公开地揪，还是

悄悄地揪，仿佛是一件私事——

考验你，却并不想为难你。

远处的山峰上，依然能看到的

微微反光的雪，像一架白梯子；

而本地的情歌中，藏族汉子确实欢乐地唱过：

如果你要星星，我会去把它摘下来。

即兴的频道。白云的白里

藏着一条耀眼的鞭子。

毕竟，肉体的痛苦比精神的幽深

更值得信赖。迄今为止，

每个真理几乎都根植于肉体的痛苦，

但我依然相信还存在着别的情况。

山坡上，随处可见的玛尼石 ①

巩固着一条看不见的边界。

什么时候跨过去的，我并不知道——

醒来时，只见青春已变成一只巨大的眼睛；

哦，回眸。除了奥威尔 ② 描写过的，

1984 年还掀翻过哪些裸身的权力？

我的旁边，青稞酒像老虎跳峡——

老李犁用端起的杯子把握时间的深浅，

王自亮则兴奋地拍着高原的桌子。

2014 年 7 月 13 日

---

① 玛尼石，藏族的习俗。在岩石上刻入《六字真言经》，称之为"玛尼石"。
② 乔治·奥威尔（George Orwell, 1903—1950），英国作家，著有小说《1984》。

紫肉丛书

早市上，卖桑葚的，
不会超过三家。摊位并不固定，
但找起来并不难。有一阵子
你曾感到奇怪，旁边蹲着卖油麦菜
或茼蒿的，大多是农妇；
但卖桑葚的，几乎都是老汉。
这情形，在郊区的早市上
差不多已持续了十年。此外还有一种情形，
你即使错过了生活，也不会错过它们。
装苹果用的纸箱，现在
堆放在里面的却是桑葚，
柔软的紫肉，像刚刚被屠宰的
叫不出名字的小兽。
留给它们的新鲜的时间很短暂，
像今天这么强烈的阳光，

从八点开始计算，基本上不超过三小时。

仿佛有默契，它们把它们的新鲜托付给你；

它们的新鲜紧迫如一种责任，

你有神秘的义务，在它们开始腐败之前，

将它们处理干净。随后作为记忆的新燃料，

它们开始沿那些秘密的脉管，

加剧你的生命之火。

2014 年 6 月 18 日

夜市里的诗学丛书

酒这么好，小瓷杯里的
天气这么迷人，甚至宇宙的边
摸起来就像一张大牌，但瞧瞧你，
你说的，都是些什么话呀：
没和神争论过的人
浪费了我们太多的时间；
但受伤害最深的，不是我们而是石头。
如果深入体会的话，每个真相
都租用过一个下水道。
黑暗中，我们在洞里找到的美
很难被带到洞外。相似的情形太多了，
以至于我们不得不这么想：
美本身也是一个洞。严格的丈量，
尖叫是真实的，但不一定发自肺腑。
涉及天赋，是没法避免的事；

但天赋本身也是一个很有天赋的洞。

黑暗中的镜子里，你还没有那么糟，

所以，自由，是上帝的幽默。

类似地，假如语言中存在着

和我们有关的一种体面：诗就像碰运气。

2014 年 5 月 18 日

劳动节丛书

第一个小时，麻雀和狗

分别在树梢和墙角

戳破了时间的谎言。第二个小时，

从早市上买回最新鲜的韭菜，

它绝对没施过农药，为了让你放心，

卖菜的农妇抽出两根，摘掉最外层的细叶，

直接塞进牙缝，咀嚼起来。

三块钱两捆，便宜得让你想用鸡蛋

砸墙上的标语。第三个小时，

揉面的感觉像和时间做爱。

包子和乳房之间，白花花的，

根本就容不下生活的敌意。

第四个小时，假日就像一个网兜，

里面装着篮球、矿泉水和折叠好的风筝。

第五个小时，写信给洛兵，

怎么会合，去狂飙乐园^①呢？

第六个小时，吹过的微风

像拆散了的刑具，就仿佛

在某种意义上，人的真实取决于

你今天有没有读过《火山下》^②。

2014 年 5 月 1 日

---

① 狂飙乐园，位于北京西山阳台山脚下，2014 北京迷笛音乐节在此举办。

②《火山下》，马尔科姆·劳瑞（Malcolm Lowry, 1909—1957）的长篇小说。

无双亭^① <u>丛书</u>

我们走过的那些弯路

将它的影子缩短成一把尺子。

从哪儿开始呢？沿柳枝

按住一个碧绿的头绪，

没准就是，你和宇宙之间

有一个单独的故事。

近在眼前的花，给古老的春天

带来了一个新鲜的深度。

戒不掉人生，还戒不掉人生的无耻？

原来，蝴蝶的肺活量可让时间停止十秒钟。

秘密的度量之后，是秘密的比较 ——

就像醉，颠倒了无数的背景，

---

　　① 无双亭，故址位于扬州城内，相传为欧阳修所建。欧阳修亦留下过名句：
"曾向无双亭下醉，自知不负广陵春。"

给我们的酒，带来了一个神秘的深度；

就像你，给生命中可怕的美

带来了一个陌生的深度。

或者更简单，就像这安静的亭子

给已经消失的广陵

带来了一个古老的深度。

2014 年 4 月 16 日

源于琼花的烟花学丛书

在错认了无数株海棠之后，
我们终于来到了
看起来最像琼花的那棵树面前。
比丁香还丁香的影子中，我想到
一个词，蜜蜂就吃掉一个词——
它们像是刚打败了精灵，
甚至有办法吃掉我仅仅是想到
但还没说出口的词。
而进一步的辨认，像履行
必要的手续，但其实是
在小小花蕾尚未完全绽放之际，
仅从树的叶子，辨认它究竟是不是——
让我汹涌地想到：
你，在无形中似乎也曾这么
辨认过另一个我。

2014 年 4 月 13 日

瘦西湖丛书

既然和波浪有关，且季节的轮回
又如此纵容模糊的人海，它看上去
像一次春天的泄洪，也算是
毕竟没出什么大事。

小事能小到什么程度，很像
有个等待转世的人，正在从旁观察你。
但经受考验的其实是，花海的浮力
也就比人海的浮力大了那么一点点。

2014 年 4 月 11 日

云南酸角丛书

童年的小过失中它常常是
必不可少的同伙，瘦长的热带身材，
脆裂的陈皮内有陌生的甜
一再点拨甜的陌生。原来这家伙
就是罗望子。从非洲一直魅力到
印度人发明了咖喱。微妙的柠檬酸
尽管那时还缺少文字说明，
但它的诱惑是成功的；
它诱惑我想到高高的标语墙后
更多的猪肉和白米。
但现在看来，它的安慰似乎更成功——
带着圣婴的形状，它潜伏到
我的胃口中，就好像艰难的世事里
我们的记忆是否深切，
最终是由我们的舌尖决定的。

2014 年 3 月 30 日

送林木赴昆明丛书

记得前些年从昆明路过——

上面，卷毛的云修炼漂浮，

可看可不看才不观止

我们疏忽过多少自然的崇拜呢。

下面，大湖畔，倒影点缀故乡如铁锚，

就好像我们出生过的地方

并不比曾发生过爱情的地方

更能彻底我们的觉悟。

那地方，天气好得就像幻灯片；

也常常，云海轻浮人海。

但往下跳，依然是一个谜。

背景里难免有山影嘀咕黛绿，

而铁树正桉树般分叉——

往左，人是人的降落伞。

往右，人比深渊老练。

还有呢。还有就是假象的诱惑固然很大，
但我们只负责被诗所吸引。

2014 年 3 月 4 日

天鹅湖丛书

住在周边的人都管它叫
天鹅湖，里面却没有天鹅。
谈不上空白玩弄了悬念，
也谈不上接不接受命运，除非
有人佯装喝醉，以你的名义，
给亲爱的乌鸦写过信。

冬日的灰暗未必就不是一种治疗。
小风景忠于自己的地盘，
默数风的秋千上，麻雀飞进心灵的次数
竟比喜鹊身上的黑白还多。
而且，在盛夏，我确实见过
成双的白鹭在它的浅水区觅食。

随后，时间的底片像是意外曝光，

白色的舞者一再暗示

我们误会了我们的疯狂。

精确于自我，和严肃于自我

其实也没那么复杂，它们的分别

没准就像为什么这棵槐树上

有鸟巢，而那棵榆树上却没有。

要么就是，在春天，湖水已解冻，

玉兰已在它的小灯笼里打磨过生命之火；

抽芽的柳枝充当了记忆的刘海，

你站在岸上，随着波纹的乐谱渐渐摊开，

那里未必就没有天鹅的倒影。

2014 年 2 月 16 日

呀诺达① 丛书

山药和土鸡特色在雨林谷深处；
温泉发动泡沫，濯洗一个绿夜。
巨人偷偷向你问好。

陌生地，山色膨胀成本色。
接着，番石榴向你请教一个十足的偎依。
还没回过神来的话，就和槟榔树比早起吧。

此地生动于天堂还能被借用多次。
效果也很突出；
上山时，你不过是游人；
下山时，你已是过客。

2014 年 1 月 16 日

① 呀诺达，位于海南，号称中国唯一地处北纬18度的热带雨林。

97

琼州大学丛书

热带的礼堂因诗歌而饱满，
半露天的环形走廊上，海风搂着山风；
平日里冷清的木马被踩成了
杂乱的影子。唯一的闪光
从图书馆前的水塘递来

莫奈也不曾见过的香睡莲。
两小时内，只有植物的影子
愿意迁就平心之论。假如我眼力不错，
年轻的红豆树挺拔得就像
龙船花心目中的圆规。

就这样，一个圆替我们随便在

生命的随便中。就这样，

一年中的最后一天在我的身体里

不断向你弯曲，不断因弯曲而完美，

并绷紧了一个时间的秘密。

——赠潘维

2014 年 1 月 15 日

东山羊丛书

明亮的热带，鹧鸪茶过滤灵芝的记忆。
我们近距离打量彼此。你朴素于
我们有一个容易被我们忽略的
反差。你比大猩猩还乌黑，
以至于幽灵也要黝黑地让你三分。

从你眼眶中射出的黑子弹，
击中了你中有我，但这还不是最致命的。
我们的环境越来越相似——
我害怕你是我的镜子。
但我更害怕，我是你的镜子。

2014 年 1 月 10 日

非凡的仁慈丛书

请在我们脏的时候爱我们！
——肖斯塔科维奇

混入了麻雀粪便后，狗叫的次数
明显减少了；非凡的仁慈中，
唯有低着头的风，一直在清理
烟花的碎屑。尚未冻透的
小溪的尽头，新年就像五亩
透明的土地，租自正在散开的浓雾。
冬日的阳光让开了自己，
但没有人知道那是什么意思。
我们拥抱着，练习互相扎根——
这样的冬眠几乎没有破绽；
但节奏稍微一慢，你就纯洁得有点复杂，
就好像在时代的幽灵面前，

最纯洁的人显然比最纯洁的植物
给世界带来了更多的麻烦。

2014 年 2 月 5 日

古代胸像收藏者协会

年代已湮没。地狱或命运
已不能提供任何线索。
它们双唇紧闭，仿佛在期待
榜样的力量能在后来者中
克服人类的愚蠢。它们互相扮演
完美的情侣，将魔鬼的烦恼
深深隐藏在它们的变形记中。
通过牺牲身体，它们获得了
仿佛能经得起时间磨损的一个形体。
它们的弱点与人格无关，
已不能损害到世界的谎言。
曾有过的生活，以及它们的身份
已静止成一个由石头
不断从内部巩固的假象。
如果出的是大价钱，它们属于主人

就好像你永远都很难意识到
它们是一种真正的负担。
没错。它们是挖出来的；
铁铲上也许还沾着深色血印，
但是，大地是干净的——
不这么抽象，存在就会丧失微妙。
想测试的话，现在的时机就不错。
把手伸进底部，挤压会很明显；
要搬动它们，你得先把
一头野猪死死按在砧板上。
是的。它们的重量
已经在岁月的流逝中，
替它们赎了罪。很明显，
它们身上只剩下不朽的快感，
凭着彻底的无情，它们忠实于
你曾遇到过它们。

2003 年 4 月

天涯海角丛书

时间和时光几近脱节，

就好像只有在汉语里才会有

这样的插曲：所谓天涯海角

其实远不如你的天旋地转；

但不经过比较，你如何确信

我们在暧昧的绝望中求助于

词语本身，就一定正确？

比如此时，你几乎能感到时间的螺丝钉

正死死拧进风景的肌肉中。

这样的螺丝钉，在这样的旅行中

还有很多。一颗拔出后，

另一颗会更深地扎进

相邻的纤维组织中。暧昧的

疼痛中，你拥有的仿佛是两个纯粹：

在一些时刻，幸好，人不必是他自己的风景。

在另一些时刻，幸好，人可以是他自己的风景。

2014 年 1 月 29 日

海南莲雾丛书

远远看去，它像一把喝醉了的红锁；
但是，有门，没门，从来就不是重点。
它赌你身上至少还会有
一次生命的反弹。

近看时，它从风铃中找回了
你被剥夺的颜色。它的海绵山
隆起在大红大紫中，将巨大的交易
重新缩小到分寸的讲究中。

实际上，它不太适合观看。
多数时候，它如同一间乡下急诊室。
走进去时，你是个有点复杂的病人。
走出来时，你看上去像个红得发紫的医生。

2014 年 1 月 28 日

给苏东坡的信，或过儋州丛书

平生生死梦，三者无劣优。
　　　　　——苏轼

从前，只有漫游，不同于今天
你只能陷入无边的旅游。
从前，峰峦如黛绿的磨盘，
从流水和远景里碾磨出
古老的颗粒。它们的饱满不同于
我们今天只知道依赖反感。
即使大意时，不小心混入
词语的颗粒，它们也从未被误服过。
一切新鲜都源于你能在新鲜的风物中
及时地忘我。你不必分神于分身术，
也不必提防自我的迷失。
半路上，你只和圣徒竞争新的世界记忆。

2014 年 1 月 26 日

热带水果摊丛书

椰子堆得像是有只小象
躺在顽皮的里面。母亲般的热带，
绿夜甚至从中午就开始了——
多节的甘蔗既是它的指针，
也是我的指南针。等红绿灯时，
每个风景都颤动一对膝盖。
但事实上，除了陌生的咀嚼
以及咀嚼陌生，我几乎无处可去。
软硬都很味道，我的咀嚼挖我
就好像我是我从未打通过的洞。
洞口附近，佛头果从台湾引进，
一转脸，就变成了番荔枝；
特别甜，串通特别甜，
还没来得及像金丝猴一样调够皮，
就被拉入了抗癌的小分队。

而杨桃的样子很好看，但味道
却完全辜负了它的外表；
不仅如此，它的目光绿得像
小作坊里腌制的泡菜。
成熟的木瓜一点也不无辜，
比乳房更乳房，几乎没给
身边的美人留什么面子。
还是番石榴听得懂蜜蜂的留言，
知道怎么给我留些面子。
比如，我健康得就好像手里的
番石榴是晚餐前的一小瓶药。

2014 年 1 月 25 日

距离五指山还有三十公里丛书

新认出的植物名叫郎德木，

怎么看，都比好有情调还楷模。

斜坡上，小果咖啡从容于

你已在云南领教过它的魅力——

它的黑池塘加热后，会变成一杆标枪，

投向你身体里无名的野兽。

这样也好。即使你现在从事的工作

已使你忘记我们曾是出色的猎手，

你身体里至少还有只猎物——

在标枪投中前，它是机敏的。

2014 年 1 月 24 日

石梅湾的红胸松鼠丛书

在它身上，好动和冲动

互为生动的假象。毛茸茸的大尾巴

偶尔像假肢，却平衡了它的

每个大胆的冲动。它无须小小的计谋，

仅仅凭灵巧，它已是保持距离的大师。

它和你保持的距离几乎

与它和黑熊保持的距离是一样的。

它不打算纠正这里面的微妙。

它可爱如你秘密地练过分身术。

它天生就是个向导，但你却难以

进入它为你安排的旅程。

它从琼海棠树上下来，假装朝沙滩跑去，

然后迅速地折回，你手里的

零食，难道不是即兴的节目？

它幽亮的目光里有一把细长的勺子。

它看着你时，仿佛能猜透你的一举一动；

你看着它时，仿佛有一扇门刚在沙子里关闭。

海风的跟头已翻进你的头发，

空气中的碗正盛着海浪的催眠曲。

2014 年 1 月 19 日

冰岛温泉丛书

梦，梦见冰爱上了融化，
巨大的冰在平静的融化中流向赤裸的自我。
擦干之后，毛巾搭在镜子的深处，
如同一条蛇刚刚完成蜕皮。

冰，梦见梦正在挖一个大坑。
十座火山未必能填满它，因为它的名字叫冰岛温泉。
和它相比，很多地方的温泉都显得很假。
它不会出卖你的秘密。此外，水温很合适，
冷热的布局比一盘棋还要合理。

在泡过日本的温泉之后，我还去过
北京的温泉。没法比，怎么知道仁慈
有硫磺的味道？也许，凡和皮肤有关的，

比较本身就显得很奇怪。

它是世界上最遥远的温泉，严峻的环境中的

一个就等着你去拆封的礼物。当你脱下衣服，

裹在它上面的包装纸，也随即脱落。

它露出它的音乐，冒着热气演奏

已融化在它里面的东西有可能是世界上最好的。

它带给你的启示，先沿着毛孔试探是否礼貌，

随即热情得就像水里有一对企鹅一直在潜水。

2010 年 10 月　雷克雅未克—北京

能登半岛丛书

我认得这样的夏天——

漫长的冬天像是它的牢笼。

压力不小啊，但是栏杆和栏杆之间的距离

已被碧蓝的海浪扩大。自由的原始定义

是景色。并非越大越好。甚至不自由

也并非是一个政治问题，而是自然

是否还能带来机会的问题。没想到吧。

飞翔的海鸥，一会儿像白手套，

被人从看不见的蓝色洞穴里扔出；

一会儿像浅色的手绢，被人从隐形的窗户边挥舞。

这两个小动作一再重复，因此，

你，是你遇到的多少年前的一位古人呢？

一千年前，够不够？或者，两千年前，

大海为大湖搬家。刚刚发明仙境

帮聪明人躲避人性的阴暗。没有人

是他自己的傻瓜。沙子埋过的任何东西

不会超过一百年。但没有为自己准备过沙子的人，

也不见得就精通欲火。因为不是本地人，

也许我可以说，这里的沙滩上

遍布着世界上最好的沙子。

意思就是，你把手伸进沙子，

你能感到沙子下面还有另外的手

早已等在那里。来，握一下。

即使带着硬硬的壳，也很友好。

来，傲慢一会儿，反正在沙子下，

只有心花是无根的。来，走神一小时，

蠕动未必就不是激动。但是，

大海的涌动似乎更喜欢推荐

另外的例子。一番海鲜之后，

永恒还是老样子。但是，它老得新颖。

因为，凡是依赖瞬间的事情，

都躲不过，瞬间只是两片美丽的树叶之间的

错误的比较。凋落的树叶，

不会是全部。涌起的海浪，

也不会是全部。它们只是无损于

你我的完整。你情趣于海浪，
我就会战栗于树叶。因为，就像眼前的
这些执着的起伏，诗的孤独
能有节奏地带来唯一的拯救。

2011 年 8 月　金泽

纪念柳原白莲^①丛书

身边已足够辽阔。

十五岁第一次结婚。比青春还左。

二十六岁又嫁给煤炭大王。比金钱更右。

但是，左和右都把你想错了。

三十七岁春风把你吹到牛奶的舞蹈中，

做母亲意味着家里有一口大钟，

挂得比镜子的鼻尖还高。

历史是入口。闪烁的星星知道你的秘密，

就仿佛你给它们寄过紫罗兰和蜂蜜。

嘿，我在这里。你的喊声

回荡在爱与死之间。而死亡是

一种奇怪的回声，它带来的每样东西都很新鲜。

比如，悲哀是新鲜的，它不会

---

① 柳原白莲（1885-1967），日本女诗人。

因日子陈旧而褪色。能判断你的人
似乎不是我们这些好色的圣徒。
据说鲁迅也没见过比你更美的女人。
而我感到的压力是，不变成一个女人
我就没法理解你的高贵。
但是崇拜你，就意味着减损你，
甚至是侮辱你。你提醒我们
你曾向秋天的风中扔去一块石头。
那意味着什么？你帮助语言在身体那里
找到一个窍门。对盛开的梅花说
只有细雨才能听得懂的话。而最重要的话，
如你表明的那样，只有讲出来
才会成为最深邃的秘密。
你赢得信任的方式令我着迷，就仿佛
信任不是一种选择，而是一次机遇。
最大的信任常常出现在早晨。
比如，柿子像早晨的眼睛，
脱离了夜晚带给它们的
低级趣味。柿子挂在明亮的枝头。
你发明了看待它们的目光，

从太阳的背后，从时间的反面。
猫头鹰已经飞走，乌鸦的黑拳头
摆平了时代的赌局。成熟的柿子，
肺腑间的珍珠的格言。你的和歌
并未让今天的风格感到遗憾。
因为你再次证明了，诗是这样的事情：
我们必须干得足够骄傲。

2011 年 8 月

蘑菇丛书

悲观主义者很少会爱上蘑菇，

或像你那样，忠实于蘑菇带给你的感觉。

常识告诉你，没背叛过虚无的人

不会有兴趣了解蘑菇的精神——

它们的翻滚，甚至比肉体做得还好。

它们翻滚在平底锅里，翻滚在你的喉舌深处。

柔滑，鲜嫩，丝毫不惧怕你

会夺走它们的一切。凡乐观主义者能想到的真理，

它们都会给出一种形状。凡你想隐瞒的事，

它们都能给予最深切的谅解。

它们闻到了小鸡肉的味道。

它们喜爱大蒜和西兰花签下的合同。

它们撑开的伞降落着，降落着，直到在你心里

变成了一个营养丰富的小神。
消失和消化的区别也许

没有你想得那么大。在消失之前，
他从里面递出一份新菜谱，
请求下一次你能更耐心地咀嚼
蘑菇身上的暗示。还从未有过一种暗示
比它们更接近宇宙的暗示。

2010 年 11 月

麒麟草丛书

一开始，又像以前那样，它们的名字
将我困在名字的迷宫中。你知道
它们叫什么草吗？十个人中有四十个人不知道。
但是，好玩在翻倍。寻找答案时，
我像是在克服一个心灵的风暴。

它们到底叫什么？一百个人中有九十九个不知道。
九十九个人，像是还没走出求爱的夜晚。
每个这样的夜晚都是一根钉子，更深地进入
或是又拔出了一点点。而那唯一告诉我
这些草叫什么名字的人，后来被证实

他的说法是错的。但是，你知道
我们最终会原谅语言的错误，
就好像语言曾原谅我们发明了它。
最正确的叫法往往靠不住，但是

你叫它们麒麟草时，却很形象——

这意味着，每个生动的名字后面
都有一个经得起历史磨损的故事。
比如，我比我古老。而你比我更古老。
而这些草比你我还古老。它们的名字得益于
麒麟身上的粗毛。但是，德国人或罗马人见过麒麟吗？

麒麟不希腊，怎么办？
眼见为实不启发死结，怎么办？
这个秋天的这个注脚，美丽的现场
再三委婉于安静。沉睡了一个夏天之后，
形象的毛不见了。清新的变形，

它们伸出的黄色手指，扎着堆，
在山坡上，在河谷里格外醒目。
它们的手指一直向天空伸去，
随着阵风摇摆，它们的抚摸比温柔还低调，
它们摸着我们用肉眼看不见的那只动物。

2011 年 11 月

追忆丛书

列车缓缓启动。世界模糊成背景。

只有美丽的自我箭在弦上。

还有谁发出的声音

会比靶心被击中时更响彻呢？

列车驶向平原以南，

平原安静得就像一大片膏药，

听任钢铁的速度将随意的涂抹

变成神秘的愈合。加速之后，

列车驶向上海，驶向青蛙作为订婚礼物的国度，

驶向记忆比空气更多的江南小镇，

驶向太平洋深处的情人节。

你靠在车门上，全然不知

有一个世界正随你而去，被你扩大到

天真的极限。该死的天真，

假如天真无助于机遇。十分钟，

你有点后悔。毕竟，天真纠正过命运。

但是在另一个时间里看到

现在的时间的真相，这似乎不是

所有的人都能习惯的事。

酝酿出自内心的真实：还有谁的记忆

会如同这慢慢旋动的瓶塞？

还有谁能在孤独中判断出这区别的含意：

我的记忆总能轻易地追上时间，

而你的记忆从来就没追上过时间。

2010 年 9 月

女郎花丛书

光看这名字，就知道
世界已被诱惑。而我们混迹其中。
脸刚刮过，皮鞋也刚擦过。
头发梳得像是刚中过
闪电的彩票。衣服休闲得就像
云的真理正在度蜜月。
光看这形象，就知道世界
并未因我们而失去它的借口。
而有些借口，其实就是裂缝——
一个裂缝之后是另一个，
它们撕开了僵硬的表面，以及
比表面还表面的傲慢与偏见。
光看这鲜艳的姿态，就知道
它是从裂缝中长出来的，
而且，它穿越了不止一个裂缝。

它身上的黄，和最野的波斯菊有一拼。

它身上的黄，甚至令黄金感叹

你曾有过又失去的天赋。

但它不和你赌气，它和你赌

你对孤独发过的誓言。

它知道，假如离开此时此地，

它还会有其他的名字。所以，它养成了

这样的习性：用它身上特殊的异味

忠于你对你自己的最深的记忆。

2011 年 10 月

盲弹丛书

你不会弹琴。但我知道
在秋天，人人都是钢琴家。
这是一个不是玩笑的玩笑，也许
只有死神才听不懂它的含意。

我从一个钢琴家手里抽回
我的双手，我试着像他那样审视它们，
我想象着在钢琴家眼里它们呈现的内容 ——
带着苍白的纹路，它们像时间的洞穴里的爬行动物。

它们有十个细长的脑袋，肉感于敏感，
而我们只有一个。它们用脑袋弹琴，
每一下，都是一次完美的震荡。
而作为亲密的邻居，我们用脑袋

将听到的琴声分解成无色的液体，

并将它挤压进多雾的脑海。

从自然的幻觉的角度看，它们每根都不长不短，

微妙于普通其实并不普通。

它们引诱我重新回到

不可引诱的触摸，不原始，也不陌生。

凡可触摸之物，都会有某种地方

看上去像琴键。所以，杯盖是琴键；

所以，窗户是琴键；所以，枫叶是琴键；

所以，纠缠在铁栅栏上的花瓣是琴键；

所以，钥匙是琴键；所以，狐狸的尾巴是琴键；

所以，鲨鱼的牙齿是琴键；

所以，乌鸦的黑羽毛比乌鸦本身

更经常地充当着琴键；所以，水下的石头

是琴键；所以，你用过的硬币是琴键；

所以，你只要动下手指，世界就会战栗和恐惧。

2011 年 10 月

纪念王尔德丛书

每个诗人的灵魂中都有一种特殊的曙光。

——德里克·沃尔科特

曙光作为一种惩罚。但是，

他认出宿命好过诱惑是例外。

他提到曙光的次数比尼采少，

但曙光的影子里却浩渺着他的忠诚。

他的路，通向我们只能在月光下

找到我们自己。沿途，人性的荆棘表明

道德毫无经验可言。快乐的王子

像燕子偏离了原型。飞去的，还会再飞来，

这是悲剧的起点。飞来的，又会飞走，

这是喜剧的起点。我们难以原谅他的唯一原因是，

他不会弄错我们的弱点。粗俗的伦敦

唯美地审判了他。同性恋只是一个幌子。

自深渊，他幽默地注意到

我们的问题，没点疯狂是无法解决的。

每个人生下来都是一个王。他重复兰波就好像

兰波从未说过每个人都是艺术家。

伦敦的监狱是他的浪漫的祭坛，

因为他给人生下的定义是

生活是一种艺术。直到死神

去法国的床头拜访他，他也没弄清

他说的这句话：艺术是世界上唯一严肃的事

究竟错在了哪里。自私的巨人。

他的野心是他想改变我们的感觉，就像他宣称——

我不想改变英国的任何东西，除了天气。

绝唱就是不和自我讲条件，因为诗歌拯救一切。

他知道为什么一个人有时候只喜欢和墙说话。

比如，迷人的人，其实没别的意思，

那不过意味着我们大胆地设想过一个秘密。

爱是盲目的，但新鲜的是，

爱也是世界上最好的避难所。

好人发明神话，邪恶的人制作颂歌。

比如，猫只有过去，而老鼠只有未来。

你的灵魂里有一件东西永远不会离开你。

宽恕的弦外之音是：请不要向那个钢琴师开枪。

见鬼。你没看见吗？他已经尽力了。

他天才得太容易了。玫瑰的愤怒。

受夜莺的冲动启发，他甚至想帮世界

也染上一点天才。真实的世界

仅仅是一群个体。他断言，这对情感有好处。

因为永恒比想象的要脆弱，

他想再一次发明我们的轮回。

2011 年 10 月

本诗中很多句子取自王尔德的著述和格言。

纪念辛波丝卡丛书

从诞生那一刻起，雪便被白色舞蹈推向
只有深渊才肯面对的结局。
但深渊已是夸张，它拥有的底片
甚至比西班牙人达利对音乐的无知还多。
至于结局，它对白色的秘密
似乎也失去了兴趣。白色的深渊
意味着狼不在时，可与狐狸共舞。

没与自己的影子共舞过的人，
肯定很乏味。这个，你无须去证明。
你比我更喜欢雪，因为用雪堆出的人
从未想过要向什么人证明他自己。
因为雪，冰冷像一把叉子，沿着冻硬的裂缝
从我们的潜意识里清理出意志的蛀虫。
嘿。假如没有这些虫子，那诗歌中的鸟如何越冬？

漫长的奇迹中，那些有可能适合我们的瞬间

是一个和爱有关的白色主题。

就像这新雪，它不停地收集每一个自我

以垫高它那寂静的王国。光秃秃的树枝上，

乌鸦像黑色的旋钮，向左边拧，向右边拧，没什么区别。

黑色的颂歌早已由白色的命运调好了音量。

所以说，有时，迟到，但不是因为雪，是很关键的。

2012 年 2 月

辑三

柠檬入门

护工拿着换下的内衣和床单
去了盥洗间。测过体温后，
护士也走了。病房又变得
像时间的洞穴。斜对面，
你的病友依然在沉睡。
楼道里，风声多于脚步声。
你睁开迷离的眼睛，搜寻着
天花板上的云朵，或苇丛。
昨天，那里也曾浮现过
被野兽踩坏的童年的篱笆。
人生的幻觉仿佛亟须一点
记忆的尊严。我把你最爱的柠檬
塞进你的手心。你的状况很糟，
喝一口水都那么费劲。
加了柠檬，水，更变得像石头 ——
浸泡过药液的石头。卡住的石头。

但是，柠檬的手感太特别了，
它好像能瞒过医院的逻辑，
给你带去一种隐秘的生活的形状。
至少，你的眼珠会转动得像
两尾贴近水面的小鱼。我抬起
你的手臂，帮你把手心里的柠檬
移近你干燥的嘴唇。爆炸吧。
柠檬的清香。如果你兴致稍好，
我甚至会借用一下你的柠檬，
把它抛向空中：看，一只柠檬鸟
飞回来了。你认出柠檬的时间
要多过认出儿子的时间：这悲哀
太过暧昧，几乎无法承受。
但是，我和你，就像小时候
被魔术师请上过台，相互配合着，
用这最后的柠檬表演生命中
最后的魔术。整个过程中
死亡也不过是一种道具。

2014 年 11 月 28 日

140

藜麦入门

大小如同黄米，但比起发黏的黄米

它有更筋道的想象力。

当你以为它不过是较为

稀罕的谷物时，它其实是回报。

它曾是以神鸟为信使

专门送给好心人的礼物。

当你以为它只是神秘的回报，

它却安于小小的颗粒，暗红或黑褐；

并借助高海拔，不断完善

它自身的美味。正是通过

它激发的口感，你更加确信

世界不过是一个寓言。

它能让黄金在我们的变形记里

也拥有一段完美的十二指肠；

狂热的时候，足以消化你所知道的

任何世界之谜。但它从不试图

在你和它之间寻求对等；

那样的话，你也许会有点懊恼地觉得

你是最后一个才食用它的人。

深刻于机遇，但它并不想过度

依赖命运。它把自己摊放在

干燥的岩石上，以便猫头鹰，

田鼠，鹦鹉，乃至蝗虫，

能和我们有同样的机会

接近它，并从它的无私中

恢复一点宇宙的可能性。

2016 年 2 月 18 日

制高点入门

世界将借由我的声音知道我。

——奥维德

游戏的受益者，但看上去
却一点也不神秘：喜鹊
不是战士，它甚至对喜鹊精神
也一无所知。领地是开放的，
灰瓦比走神的日光还缓慢；
它飞上高翘的檐角，独占只有
它才能认出的制高点。
它很机敏，对我们走近它的
任何方式都很敏感，但它不是
典型的猎手。和盘旋的鹰相比，
它更像是舞蹈家；你呼吸过的空气
是它柔软的舞鞋。每次，

从开花的木槿旁边经过，
它都会穿上那双无边的舞鞋，
欢呼你的到来。甚至你缺席了，
它也不会缺席。甚至爱缺席了，
它依然会扇动它的黑白翅膀，
向死者送去一个邀请；
甚至死亡缺席了，它也会把你的影子
叼回到世界的回音中，
以此迷惑我们的轮回。

2016 年 10 月 8 日

我的蚂蚁兄弟入门

我穿过的黑衣服中
凡颜色最生动的地方
无不缀有你小小的身影。
黑丝绸的叹息，始终埋伏在
那隐秘的缝合部。任何时候
都不缺乏献给硬骨头的
柔软的黑面纱。来到梦境时，
黑肌肉堵着发达的
爱的星空。甚至连横着的心
都没有想到最后的出口
竟如此原始。我不知道我
是否应该表达一点歉意，
因为长久以来，我对你
一直怀有不健康的想法 ——
我想跨越我们的鸿沟，

陌生地，突然地，毫无来由地，
公开地，称你为我的兄弟。
身边，春风的淘汰率很高，
理想的观摩对象已所剩无几；
而你身上仿佛有种东西，
比幽灵更黑；一年到头，
几乎没有一天不在排练
人生的缩影。你的顽强
甚至黑到令可怕的幽灵
也感到了那无名的失落。
有些花瓣已开始零落，
但四月的大地看上去仍像
巨大的乳房。你是盲目的，
并因盲目而接近一种目的：
移动时，你像文字的黑色断肢，
将天书完成在我的脚下。

2016 年 4 月 17 日

世界纪录保持者协会

刚开始的时候，一切都很正常：

你走在岸上，野鸭和鸳鸯浮在水中。

这样的平行随时都能刷新

一个世界纪录，甚至死神

也无法打破它制作的平衡：

你有你的轨迹，涉及生命的暧昧；

它们有它们的渠道，牵连灵性的自在。

如果发生交叉，可怕的美

就会将你孤立在一个原型中。

那里，原始的审判舔着暴雨的

小尾巴，已在地缝里潜伏了上千年。

同样是对象，游戏的冲动

在这些禽鸟身上暴露得更充分。

所以，嫉妒比邪恶更叵测。

就好像这样的结论来得太突然，

你冲下坡岸，直到冷水没过膝盖；

而它们配合得也很默契，它们表演惊飞

就好像无形中我们已沦为被告。

重回到堤岸上，一个意识

突然在脑海深处溅起浪花：

原来它们的地盘始终是明确的，

且一直有自然做后盾。而我们的地盘

仿佛很大，却将你和自然

隔离得越来越破绽百出。

2004 年 5 月

龙舌兰入门

以金字塔为邻，听任沙漠
为自己筛选出带刺的
营养惊人的玩伴。风景里
假如缺少完美的天敌
仙人掌的阴影会显得多么无聊。
不存偏见的话，只有拿着镰刀
收割过人生风暴的
女人浑圆的胳膊，能和它修长
滚粗的叶瓣相媲美。在四周，
由它发动的寂静回荡成年后
我们心中曾有过的，最壮丽的忍耐。
据说，它的锥状花序高达八米，
像温柔的长矛，足以将我们身上
多余的赘肉，满是皱纹的慵懒
叉向天堂里海拔最低的火炉。

它的浆汁堪比毒蛇的唾液，

但蒸馏后，作为一种神秘的恢复，

赞美比恐惧更原始。如此，

它远离我们的真相，也远离

我们的谎言，甚至也远离我们的世界，

正堕落为一种可怕的祭品。

而一旦刻骨的分寸进入默契，

它从你身上提取的纯度

足以将宇宙的幻觉燃烧一千遍。

2015 年 12 月 7 日

胡蜂酒入门

颜色接近琥珀，但怎么看，
都比琥珀好看。这第一眼
很重要，甚至不亚于
你从一个透明的裸体身上获得的
关于世界的第一印象。
瓯江边上，六月的梅雨
忙于比波浪更倾诉，
而它却从不急于指向别的东西；
它似乎只习惯于指向
它自身的，单纯的激烈。
假如你没见过纯粹的黄金
如何液体，它可以充当
完美的向导。假如你的腰
不再胜任我们的隐喻，它也会乐意帮忙，
并且绝对能帮到点子上。

最重要的，它是为自己人酿造的；

所以，凡可分享的，注定都很神秘。

2016 年 6 月 19 日

梅里尔·斯特里普入门

以青春为堤岸，寂静的晨雾
摩挲湿滑的斜坡，直到它狠狠插进
人生的寓言。羞涩的异端啊，
经历了苏菲的选择后，每个旋涡
都奉献过不止一个警句。
迷失在爱河中，至少能让你看清
对岸有没有法国中尉的情人。
另一处，特效来自紫苑草，
盲目地崇拜未必就不能过滤
猎鹿人也曾在黑暗中哭泣。
我几乎爱过在她背后出现的
所有幻象：在核电厂上班的
嗅觉灵敏的女工，撒在廊桥桥头的
爱的骨灰。那意思仿佛是说，
唯有离别，能成就内心的高贵。

再遥远一点，走出非洲之前，

她也曾在新泽西州的萨默塞特宾馆

给人端过盘子。她的微笑

甚至让咖啡也符合过滋味的逻辑。

和我们有关的人生角色，

无论多么复杂，从来就难不住她。

英国人约翰·福尔斯 [①] 说的没错，

她属于那种"不知来自何处的女人"，

以便我们在麻木的处境中

依然有机会见证到伟大的情感。

2017 年 1 月 10 日

本诗中多处语句和意象，诸如紫苑草，猎鹿人，等等，

均出自梅里尔·斯特里普主演过的电影。

---

① 约翰·福尔斯，英国小说家，著有《法国中尉的女人》等多部小说。

援引约翰·杜威入门

将雪作为一种兴趣，
不只是我们这些看见松鼠
就想拍照的旅人
才会有的想法，花楸树上
顶着小雪帽的小红果
也以为精灵就住在附近，
且也有同样的想法。
"新颖的想象力"绝对是
一个出发点。甚至野兔，
对我们的世界观一无所知，
却也把它可爱的脚印
清晰地献给了原始的雪。
甚至连野鸭仿佛也具有
一种足以媲美智者的知识——
雪，越反动，越能用它的雪白

改造我们的胃口。比起幸福
失败是更深刻的教育。
你必须学会在信念的旁边
留下一把铲雪的铁锹，
因为"支配想象的是未来"，
支配雪的是更固执的念头——
就好像不知从何时起，
将寂静作为白色的舞蹈
是我们这些喜欢在词语的黑暗中
砍伐树枝的人，对这个世界
所做的最好的发明。

2016 年 1 月 23 日

纪念艾米莉·狄金森逝世一百三十周年入门

白天，心灵是放牧的对象，

柔软的绒毛温顺在

即将落下的树叶的抚摸中。

晨露浪费了初吻，唯有知更鸟的鸣叫

偶尔还能尖锐一下爱的短暂。

她把院门打开，将属于她的

也属于我们的心灵放牧到

树林的边缘。她胜任光明深处的

黑暗，一如她胜任黑暗中的

孤独。入夜后，她将放牧后的心灵

从荒野召回到身边，"说出

全部的真理"其实没那么难，

但前提是"不能太直接"。

就这样，她以自我为永恒的伴侣，

将诸如生的伟大死的光荣

远远地甩在了以我们为深渊的

时间的后面。在她之前，

英才无数，但从未有一个人像她那样

敢于成为：她自己的先知。

2016 年 5 月 15 日

体位性窒息死亡入门

如果你无法想象
一个十岁小男孩如果在学堂里
偷吃零食，会遭遇
怎样的惩罚，你可以想象
他的两位老师用粗绳子
将他死死捆住 ——你曾经的
小伙伴中，还有谁叫过小柳吗？
拖拽着，生命的惊恐
和成年的戾气混合在
偏僻的乡村空气里——
你几乎可以想象因为挣扎，
那绑绳如同绞索，正越来越紧地
勒进未成年的肉中；
而人的怜悯则松弛到毫无底线。
他们将他押向学堂的仓库，

那里的大梁应该是世界上最结实的，
足以媲美屠宰场里的
最顽固的磨刀石。渐渐失去
生命迹象的时间如下：
从上午开始，直到晚上八点，
他们一直把小男孩吊在仓库门梁上。
他好像被放下来过，但是
借助惩罚的面具，由私刑激发的
原始快感太神秘了——
第二天凌晨四点，他们又接着
将他吊挂起来，直到早上七点。
就只差一小时，这个叫小柳的福建男孩
终于没能再活到，他就像
八九点钟的太阳的那一刻。

2016 年 8 月 12 日

冷食入门

它放在围墙的缺口处，
颜色发暗；随着夜色加重，
它的颜色看上去如同
冻住了似的。它的味道
想必只有麻雀梦见过的榔头
才能砸开一道缝。如果不了解
内情的话，它很容易
就和周围的垃圾混同起来。
它和命运的瓜葛暧昧到
你就是把老子从青牛背上
拽下来，也无济于事。
刚放过去时，想必它还残留有
食物的余温。但现在是子夜时分，
零下六度，它肯定冷硬如
你从未想过每一种食物

其实都有它自己的尸体。
你的脚步越来越近，
你从未想到这么深黑的夜色下，
还会有一只毛发蓬乱的野猫
那么专注地用朦胧的舌头
舔着它上面暧昧的营养。
我不是圣徒，但我有种冲动，
想走过去做点什么。假如我
告诉你，我用我的舌头
帮它慢慢恢复了一点温度，
以便吞咽时，它更容易
滑入那只野猫的喉咙；
你该不会用看待疯子的眼光
打量这首诗背后的一切吧。

2016 年 12 月 29 日

小孔成像入门

这似乎是游戏的
一部分：方比圆更敏感于
来自榆木的试探。
不就是在墙上杵一下嘛，
透不透光，最后又不是
小洞说了算。但从外面看去，
稍一性感，芦荻的形状
其实也很启发芦苇的性状。
天的意志，只有发明过
风筝的人，才知道——
据说孔子不太服气，
最明显的证据就是
从此以后，他再也没有
将他身下的席子坐暖和过。
至于墨翟，从一开始

就不相信用发黑的笛子
能吹出宇宙的真相；所以
一听到音乐，就会跳过去，
劈开灌木，猛揪大地的小辫子；
而历史依然缺少后果：
比如，即便用了这么大的力气，
炊烟也没熏黑过他的炉灶。

2016 年 12 月 24 日 平安夜

以自我为尽头入门
——仿西渡体

树木的尽头，你的晚霞
将自然的假象焚烧成
美丽的替身。但绚烂的本意，
火，远不是火的尽头。

至于群山的尽头，鹤鸣
其实已表达得很清晰：
我们之中，人领教它的次数，
远比候鸟要落后。

说到数量，同样和鸟有关，
黑，也不是乌鸦的尽头。
一阵麻雀的唧啾，就能刺破
夜的尽头。人类的尽头

其实也大抵如此。严重的
污染，令死亡呆滞于倒影；
但是，同火焰一样，
水，从不是水的尽头。

也许河流有过自己的尽头，
但多半源于此岸对彼岸的嫉妒。
这辈子，你总会有几次机会，
抵达河流的尽头。但你最好

提醒自己：那还远不是
水的尽头。在水中寻找尽头的人
必定深深误解过死亡的尽头；
黑到了极点，甚至幽暗的洞穴

也只是感到好像有个硬东西
从另一边跟它在赌气。
还是面对现实的乐趣吧 ——
你，才是你唯一的尽头。

2016 年 12 月 23 日

远和近
——仿车前子

冬天的草原依然辽阔

但冷寂的星光下

骰子其实能掷得更远

骑马归来，希腊人的提醒是对的 ——

任何时候，都别忘了

人是会说话的动物

2016 年 12 月 20 日

世界艾滋病日入门

主要途径是爱还不够绝望。

血的教训，血本身

并不吸取。加热之后，

空白失去个性，渐渐汇聚成

一个热点：据专家透露，

目前最有效的疗法，依然是

高尚的情操如何绷紧

道德的神经，潜伏到

生命的源头。从那里，

再次向外部打量，生活鲜艳得

就像宇宙的腹股沟。

据说，鸡尾酒也挺管用，

只要一杯，就算给足恐惧面子了。

但从专业角度，抵抗力事关

慧根是否粗大；就好像

它是人的智慧的

一种奇特的效果。在安全套里

从来就不安全；

在可预见的未来，

真正的安全只有一个：

那就是，再可怕的病毒

也无法让诗感染。

2016 年 12 月 1 日

人在骑田岭^①入门
——悼翟文熙

再大的深渊也不过是

时间的皱纹，至少你的诗

通向这样的真相。犬牙状的

喀斯特地貌就潜伏在四周，

尖锐的山影也尖锐着

灵魂的形状。外面，粤北的

夜雨像一个刚化装归来的

面目湿黑的游击队员。

你的肤色好像也被亚热带的太阳

盖过很多戳。初次见面，

你有点吃惊，在你脑海中翻腾过的

我们之间的鸿沟并不存在。

我读过你的诗，它们就像

---

① 骑田岭，属于南岭之一，横亘在湖南省东南部和广东北部。

一堆刚刚制作好的礼花，

等着颠覆性的想象力①的检阅。

你的诗比你擅长言辞，

不过你并非不走运；你喜欢

用留白埋伏意义，甚至

在每个切入点都要撒上

一小把自制的佐料。我来自北方，

你来自南方，两者的共同点是：

诗，最好不欠神秘一点债。

你渴望归隐能复活

一种心仪。至少你的诗

越来越忠于你的新意；

你的诗犹如一片领地

成就着你的隐身。因为你，

有一种安静是出色的。

对时代的沉默做着减法，

你的安静，是你的塑像。

你安静地走过来，你好像

---

① "颠覆性的想象力"语出翟文熙。

有很多话要对一个影子说；
而我负责承受那影子的重量，
并在那唯一的重量中
托住在我们和诗歌之间
已开始有点下坠的那种信任。

2016 年 11 月 28 日

试剑者入门

稍一溯源，龙渊已逼真于寒光。

锋利的对象可以有很多——

最明显的，刚淋过雨的木头。

最突出的，野味的标本。

最神话的，反光的铁中好像

有一个幽灵叫泥巴。

论动作的漂亮，削更像猛砍；

接着，硬碰硬，反思你的骨头

到底愿意和世界保持

什么样的关系，才能稍稍瞒过

古老的敌意。一旦握紧，

手中尖锐的权力就会放大

生命的虚荣。最惊心的，

那致命的诱惑，甚至在已知的

所有真理中都找不到一个代价。

2016 年 6 月 16 日

切肉入门

薄薄的，几乎胜过
最漂亮的切片，但不是猪肉；
甚至黑山的风折断过红松的意志，
也没吹到过它的软肋。
嫩得像玫瑰花瓣，触摸之后，
甚至让镜子也嫉妒舌头，
但不是鱼肉新鲜不新鲜。
滑溜溜回来啦！五花齐放，
纹理的秘密，像生命的唱片
渴望陌生的呼吸，但不是
羊肉，或马肉。有点像雨后，
一只蜗牛从湿漉漉的栅栏上
突然抱住你的手指，用闪光的
缄默，向你索求一个
神秘的决心。手里拿着

比寒光还凛冽的短刀，
但是你，真的有过吗？

2016 年 11 月 3 日

诗人的命运入门

秋天深了，王在写诗。

————海子

秋天正在加深
告别的颜色。但其实，
无名的忧伤即使是
对最陌生的那个你来说，
也已足够仁慈。金黄的美
浩大于你已有过无数次
个人的机遇。甚至
火红的落叶也兑现过，
二十年前我们曾在草原上
目睹漫天星光的璀璨的信念。
凡战栗过的秘密，都不会
无端。我们只能在道旁

看到几根断弦。非人的,
未必就不能非凡一小会儿?
人是人的美丽的错误,
这样,我们才会有可能。
这秋天的园子,一点也不像
时光的隧道,反而像
被切开的,安静的子宫。
我承认,十分钟前
我确实反问过我自己,
我还能在这雀鸟的叫声中
做些什么呢?假如我无法确信
你的沉默是最高的奖赏。

2016 年 10 月 6 日

完美的闲置入门

古刹的门栏远远低于
售票处只收人民币。
跨越之后，仅仅几个侧身
已表明人的心事逃不过
法眼无边。庭院的布局
岂止是精通我们的深浅；
几条路径都已被香火熏过——
一大捆干净，兜底心静比心经
更通俗，沿柏树荫散落开来，
像无形的泉涌漫过你的脚踝。
如果把布景就这样撤掉，
纯粹的个人如何真相？

但愿我有足够的慧根，
主动去选择被化身说服——

比如，半棵七叶树就可以
将我催眠到你正趴在
我身上，专心雕刻着
一千年前的花岗岩狮子。
其实也没什么好解释的——
最好的导游，永远是脸膛
比你更黝黑的，手拿铁锹，
穿着蓝布褂的园丁。一侧耳，
喜鹊的叫声里，求偶的音频
依然像夜晚的刹车声。

正如无限好暗示过的，
每个人更愿意在私底下面对的
黄昏，是一座悬崖。
但往下跳，却什么事儿
也不会发生。旁边的游人
只看到：你正闲坐在平放着的
比圆柱还图腾的柚子木上，
拍着斜斜的木纹，像拍着
缅甸亲戚的光滑的肩膀。

很明显，宇宙进化到今天，
还从未有过一根木头，
和诗人的经历如此吻合。

2016 年 10 月 1 日

与其抵抗冬天不如探索冬天入门

为了探索你的冬天，

黑夜在通往北方的路上

挖了一个洞：很原始，一只棕熊

如果找不到爱情的秘密

出口的话，会在里面走上一百年。

疯狂的脚步，它们丈量出的

漫长的迷失，已弥散为

一股代价昂贵的气流——

你以为百年孤独是怎么来的？

没错，的确有一些看起来

像是早有预防的措施

令你感慨：深入未必就意味着

缺少神秘的光亮。那里，

旺盛的炉膛野蛮如

一个美丽又开放的器官；

源于人体，又扩展了人体。
传递中，火苗打着唯一的拍子——
生命的节拍，爱的节拍，
甚至宇宙有时宁愿委屈一下
自己替身的节拍，都已含混在其中。
但你的头脑却很清醒，
就好像那一刻，明亮的寂静
胜过了一切时间的凝固。

2017 年 1 月 8 日

火炉入门

诗人是伟大的反专业者。
　　　　——梅·斯温逊

冬天的魅力本来就范围狭小，
就仿佛它只愿意在角落里
协调一种秘密的视线，
令生硬的树枝充满北方的性感。

而这样的美，本来偏僻得就如同
在你和那些树枝的关系中，
每只展翅在偶然中的喜鹊
都是可爱的第三者。

看不见的雪，只是封住了前门，
却放任后门，与寂静配对——

向着内心的深林无限敞开。

冬天的郁闭度，心灵投下的影子

将铅灰的云海赶向野猫的无家可归史。

好多缺页，不恰恰从反面

说明了从通红的炉膛里伸出的

火焰之手，为什么会如此显眼吗？

据记载[①]，惠蒂埃就曾把惠特曼的孩子

扔进轻蔑的炉膛，以便你

有机会领略：仅凭心灵的召唤

还不足以完成那绝对的辨认。

2017 年 1 月 3 日

[①] 据记载，《草叶集》最初发表时，曾引发强烈的抵制。美国诗人约翰·惠蒂埃就将惠特曼的《草叶集》扔进火炉，以示轻蔑。

第一阵秋凉入门

这夜晚的道路由雄起的
虫鸣编织而成。我踩上去时，
你的脚步，果然更轻盈。
往左，它通向松了绑的未名湖；
往右，它把西山的剪影
揉碎在草木的黑色气息里。
尘世的堕落为你清点出
这孤独的妙用。最大的我
正凭借一个小小的越位，
从我裸露的皮肤上醒来。
好多分身术，其实都不如
在深呼吸里再挖一个洞
更解气。星光的浮力

甚至明显得能把你再次扶上

千里外桑科草原的马背。

——赠潘洗尘

2016 年 8 月 27 日

七夕入门

瓜果架下，玩具突然暂停。
一串葡萄就能酿就
半座心碑，一阵风就能判断
这世界还有没有戏。
玩偶们脱胎于替身
还算有情有义。一抬头，
银河才不冒失爱河里
还剩下多少污染呢。
无牛可牵时，我牵我
来到织女星的舌尖，
请慢慢煮我，如果你是火。
或者，请将我浸泡在深渊中，
如果你还没有找到
另外的洞口。请小心剥我到
洗过的碗中，如果你

还不能确定你是不是

仅次于爱的利刃。

或者，现在就开始称吧——

既然在你我之间，

每一滴爱情，都曾无情地

把宇宙砸出过一个小坑。

2016 年 8 月 9 日

三月三入门

解冻的小湖也解冻
你和世界之间的一个消息；
不必哀叹，假如喜鹊
没有按原来的意思
把口信全部带到。它能做到现在这样
而没失去可爱的天性，算得上是

一个小小的奇迹。
而你能判断出其中的缺失，
说明你已足够老练。一个消息
说到底，不过是一阵风声。
譬如，和喜鹊的疏忽相比，
人的缺陷是人的秘密的一部分；

就如同爱的秘密是世界

不完美的一部分。这样，
才有发挥的余地。这样，
三月的风，才不会混同于
大地之歌越来越内向。这样，
落日的冷静才没有辜负你的天真。

2016 年 3 月 3 日

鞭春记入门

太多的隐喻流动在
春天的两侧。彼岸即此岸，
窍门就是，彼岸花从不开在彼岸。
否则大地的麻木便会费解如
你为了找回一头黄牛
而去过火星三次。没错，
从来就不缺少比时间隧道
更好的崇拜自我的工具。
关键在灵活，否则
那颤悠的花心怎么可能
像一只碗，接住即将融化的
冰水和眼泪的无从分别。
猛烈的无形中，也只有它看上去
一点也不像上帝之鞭；
但它并不满足于仅仅成为

垂挂在肉体的迷惘之上的

优美的静物。它邀你回到祖先的场景；

那里，涂彩的泥牛早已塑好，

悠远的回音和生命的苏醒之间

最值得信赖的关系仿佛是建立在

你有足够的时间判断

这样的事情：所有的鞭笞中，

只有它举起时，不需要紧张的肉身，

只有它挥舞时，不像地狱里倒塌的圆柱；

只有它晃动时，不像眼镜蛇的美人计。

2016 年 2 月 9 日

冬天的判断力入门

旁边，苹果树的叶子
快落光的时候，似乎发生过
一场竞赛：山楂树的叶子
几乎是在一夜之间
全部落尽的，而柿子树的叶子
则在喜鹊的好奇中
挣扎了很久。甚至花猫
也对橙黄的柿子会在哪一刻
从树枝上坠落很好奇——
就好像上星期，它亲眼目睹过
坠下的柿子，在杂毛狗的
天灵盖上，精准地，开花般地
击中了命运的嘲弄。

相对而言，另一种嘲弄

仿佛要友善些：就如同

一个人只认得出

开花的樱桃树，或长满

绿叶的樱桃树，对立在眼前

只剩下光秃秃枝条的

樱桃树，他的判断力

往往会犯最低级的错误：比如说，

看样子，它很像一株海棠。

——赠严力

2016 年 12 月 8 日

高原蓝入门

几乎没有过渡，蓝比天高
一下子就完胜心比天高：
这落差，竟然无名于
敏感的日子刚过不久。

你的本色甚至不必出场，
视觉的盛宴里，便全是自然
比偶然正派。白比云白，
对流有一个杀手锏你早已忘记。

它的学名叫淡积云。假如你想好了
它不叫北京蓝而叫高原蓝，
一个纵身，确乎也可以发生
在原地和本地之间。

2015 年 6 月 12 日

向晚学入门

对应于小湖带给我们的
一种安静，六月也给小湖
带去一个秘密的弧度。
下半场，生活的颜色会很深。

提前一点，优美一下，相当于
你给比短裙还短的假日
穿上了两双凉鞋。一番精确后，
大多数场合中，比时间深刻

远不如带着盒饭去湖畔
寻找倒影里的好人。至少，
你还有机会面对：我像不像？
或者请帮我判断一下，小鱼用亲嘴

频繁挑逗弱水的同心圆，
算不算严肃的游戏？西山偏北，
彩霞令现实尴尬，世界的原样
原来竟谐音飞走的鸳鸯。

这秘密，近乎一份契约。
毕竟我们也同意，彩虹令真相易碎，
但彩虹不是彩霞的表妹。而彩霞的替身，
至少目前看来，比我们更可疑。

2015 年 6 月 3 日

秋红入门

从旁走过，你不会想到
也曾有懂事的名妓
就叫这个名字。也难怪，
因为最好的味道里
才有最好的记忆。此时的
午后，温柔多么慷慨——
整个世界安静得犹如
一个侍者，捧着从花芯
直接递过来的果品，请求你
暂时离开你自己一小会儿。
什么意思啊？难道冷漠的存在
仅仅是个假象？鲜艳的
小东西，一直剔透到
你居然从未尝试过
生命的初心。你总是想凑够

假象不是假象的前提，
再去和喜鹊的主人谈条件。
其实呢，前世有好多后腿
看上去就像这忍冬的枝条呢。

2016 年 10 月 5 日

重阳节入门

以菊花为床，但是不饮酒，
你不会看出来：它们的睡眠，
随着吞下的花酒，变成了
我们心中的词语。相反的方向，

我们用鸿雁的影子制作了一顶帽子，
如果你愿意，随时可以戴上它。
但是，我们的秘密还不是你渴望质问：
我们都对借宿在菊花中的词语干了什么？

别的时候，我们是生活的影子。
而这一天，仅仅随手撕下一张纸条，
生活就变成我们的影子。
给菊花一个高度，意味着

给心中的词语一个高度，
然后在秋风中攀登它——
直到我们的真实送你来到
微微抖动的羽毛的背后。

2014 年 10 月

野姜花入门

美仑溪①畔，世界的颜色
因它将白蝴蝶催眠成
战栗的底牌，我们身上的空白
又多出了一种可观的客观。
低调，却拒绝人的借鉴，
因为很快，鲜明的肉感
就比最冷静的静物
更擅长将你牢牢钉在
陌生的原地上。从不暗香，
就好像仅凭清香，它就能将你引荐给
伟大的嗅觉。一旦提炼，
更积极的挥发就会到来；
你不可能毫无反应。

_____

① 美仑溪位于台湾花莲县境内。

和涂了精油的新人会合时，
它是地道的野菜，将野人的口感
慢慢磨碎在你的舌苔深处。
盛开在早秋，只要和人有关，
就没有它无法缓解的压力——
你要做的，就是在它面前
及时准备好一壶烧开的清水。

——赠陈义芝

2016 年 11 月 14 日

琼花的逻辑入门

那并非是你和我之间的
必经之路。春天的风景
与四季的假象纠缠在一起，
难解难分。除非我从一开始
就不害怕更大的麻烦，
声称此处已是人类的尽头。

绕开你，已不太可能。
凭彼此的适应性去适应这世界，
早已沦为一个可怖的谜团。
我走过的路即我扎下的根；
但我并不确定，我的成长
将会如何重叠于人之树。

相比之下，我羡慕你

不必用狐疑的眼光去打量
我们的生命之花，就赢得
神秘的信任。你偏爱素白，
以醒目的美为存在的自觉。
小毒中含着微妙，可令子宫活跃。

此外除了开放，将壮观的花序
平静辐射到记忆的深处，
你似乎再无其他的东西
可以教给我。而假如我
没猜错，这相遇本身
已构成一种命运的修剪。

2016 年 4 月 21 日

北方特有的唇形科植物入门

它应该就是黄芩。

遥远的，枯黄的草木里

有一个袅娜的今天，

比精致的蒸气还争气。

土法加工，偶尔也会贴上

民间工艺的标签，蒙一蒙

城里来的，喘吁吁的散客；

但东西确实是好东西，

苦涩的味道，甚至可泻

肺中的邪火。仅凭原始的记忆，

我们就能喝出它的秘诀。

它就像一个加热过的水秤，

以你的身体为陌生的器形。

名义上也算是茶；制作的方法中

始终有一个劳动的身影

向生命的秘密形象敞开着；
即使与你我的，只重叠了
那么一小点，也能令我们的
疲倦，微妙于理想的睡眠。
而它的口号竟然也是：不反弹。

——赠唯阿

2016 年 4 月 18 日

白夜入门

这白夜中的白夜，

我的孤独即我的理智；

摇曳的烛光荒疏于安静的勾勒，

唯有你，依然大于生命之美。

新的边缘不断涌现，

语言的黑暗怎么也拗不过

这小小的手腕：捏紧它，

它便是情感的钻石；

一旦松手，它也不坠落，

它会突然展开，翩飞如意志的蝴蝶。

2015 年 3 月 18 日

白园入门

白园^①深处，没能认出
这秋雨中的蜡梅，我就得认罚。
我必须伸出手，稳稳接住
你在我身体中的崩溃。
原来牡丹的后台也硬得
像长恨歌中的牙齿。多种树，
诗，就会从陌生的身边
自己长出来。但最妙的，
还是借性情虚晃一招，因为
最大的可能就是独善；
引用荻花时，在伊河上
兜圈的白鹭，甚至能打断
世界性的丑闻。很显然，

---

① 白园位于河南省洛阳市龙门石窟景区。为纪念唐代诗人白居易而建。

和人生的秘密相比，酣畅是
一个独立的事件。最容易
酣畅的，或者最容易
和酣畅发生关系的，不是
被叮过的心，而是你的四肢。
没错。好多美好的成就
其实比琵琶峰还低调呢。

2016 年 9 月 30 日

过华亭寺^①，或碧鸡山入门

密林的后面，葱茏里
挤满了片刻的解脱。
天光和阴影交错着
时间的插曲。每一棵树
都仿佛在用它的无名
兜底你的无名。聂耳墓附近，
高调的蝉狠狠修理着
爱的警句，但直到交配
完成后许久，它们依然不知道，
它们爱上的是美丽的聋子。
想想看，那么小的躯壳中
竟能容得下那么亢奋的爆发力——
据说，为了发出那些爱的尖叫，

雄蝉腹肌里有个小东西

每秒要伸缩一万次。

但我不是法布尔。我更想

随便扯下一片树叶，就能认出

隐藏在轮回中的善意。

四周的绿意即便有点迟钝，

也难不住流淌的汗水；

我好像已看清我是如何迟到的——

台阶的尽头，望海楼

已支好远眺的视线；我能做的，

就是把身子尽量倚向

那刚刚被阵雨冲洗过的栏杆。

2016 年 8 月 26 日

213